꽃값

꽃값

글 이정원 그림 류지영 · 이동현

해조음

다시, 꽃값

등단하고 삼십구 년 꽃 타령만 했네요. 그래서 꽃값에 이어 다시, 꽃값이에요. 열두 번째 책이니 어느덧 한 묶음이 되었고요.

첫 번째 책에서 말했지요.

차라리 꽃 수필을, 터져 나오듯 꽃이 피는 달에 태어난 내 생명의 작업으로 여기자꾸나. 모자라는 말로 그려놓았다고, 종당에는 꽃들의 지옥에 끌려가는 한이 있더라도.

그 걱정을 해야 할 때가 점점 다가온다는 생각이 드는군요. 하나, 성에 차지 않아도 알아주겠지요.

회색 머리가 되도록 마음의 바람을 잠재우는 데 힘이 되어준 건 꽃들이고, 그래서 깊이 고개 숙인다는 것을요.

끝내 얻은 건 이 한마디라는 사실도요.

"꽃이 그 값을 다하기 위해 성의 있게 피었다 지듯이, 나도 목숨값은 하고 가야겠지요. 그게 지금껏 써온 글값이기도 할 테니까요."

이제 꽃만큼이나 소중한 이들을 기억해야겠네요.

그림 글씨 써준 에프렘 수사님과 유리 그림 그려준 다니엘, 영문 번역 해준 스텔라와 든든한 안드레아. 라파엘 신부님과 모모회님들과 해조음님들.

모든 고마움의 말을 알베르또, 그 사람과 더불어 전하는 저녁이에요.

수리산 자락에서 체칠리아

• 차 례 •

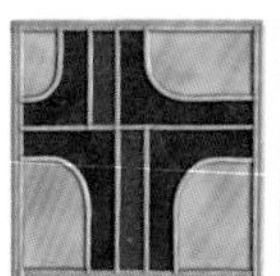 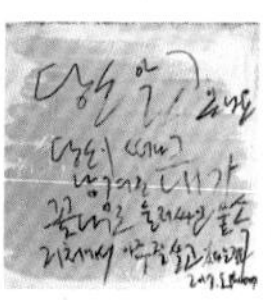  

꽃이 그 값을 다하기 위해 성의 있게 피었다 지듯이

나도 목숨값은 하고 가야겠지요.

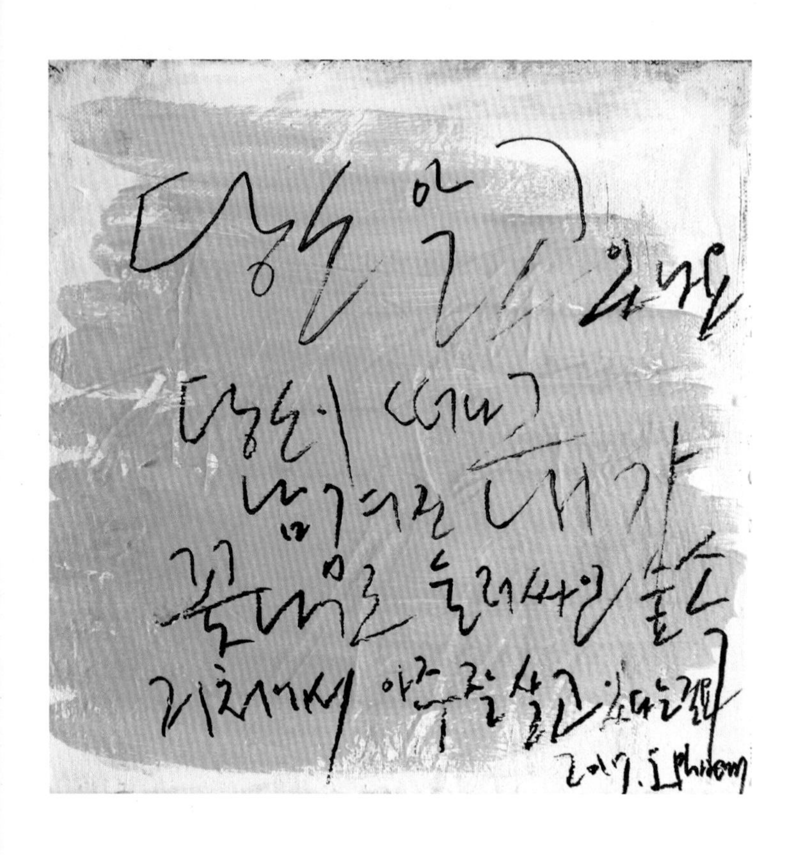

오늘의 초대로 하여 저 꽃들은

또 하나의 값을 지닌 거로구나.

꽃값

다시 하나

당신, 알고 있나요.

당신 떠나고 남겨진 내가 꽃나무로 둘러싸인 숲속 거처에서 아주 잘 살고 있다는 걸요.

기억의 강을 건넜을 당신은 나와의 시간을 잊었을지 모르지만, 아직 그 강을 건너지 않은 나는 당신과의 시간을 – 당신의 모습이 눈앞에서 완전히 자취를 감출 때까지의 – 고스란히 안고 지내고 있다는 사실을요.

당신이 간 뒤, 내 스스로 생각해도 심하다 싶을 만큼 빨리 삼십 년 가까이 함께 머물렀던 공간을 정리해 버렸을 때. 혹여 소리치고 또 쳐도 돌아오기만 할 뿐인

메아리 같은 목소리로 그 야속함을 표현하고자 애쓰지는 않았을까요. 그곳에서의 생활이 저렇게 할 만큼 진저리나는 것이었나 하는 회의에 허우적대면서요.

그렇지만, 그건 반대였어요. 골목 어귀만 들어서도 몸집 큰 당신 걸음걸이가 보이고, 대문 열고 안으로 들어서면 이층 계단을 올라오는 헛기침 소리가 들려 견디기가 힘들었거든요. 끝까지 그곳에 머물기를 원했던 당신의 동의를 구하고 말고 할 여력이 없었어요.

아차산 끝자락에서 이곳 수리산 자락으로 내려왔을 때는 단지 입구에 서 있는 아름드리 느티나무 밖에는 눈에 들어오지 않더군요. 낯선 곳으로 옮겨오는 내가 못내 안쓰러웠을 당신이 먼저 와서 맞이해 주고 있는지 모른다는 안도감을 심어준 존재이기도 했지요.

그리고서 당신이 없는 내 달 사월이 왔을 무렵부터였어요. 연이어 피어나는 꽃의 나무들로 하여 눈은 점점 커져갔지요. 베란다 창문을 열면 나무들의 초록빛 정수리를 가까이 내려다볼 수 있는 것만으로도 당신의 부재를 잠깐잠깐 잊게 하는 즐거움이었는데, 그들이 각기 다른 빛깔의 꽃을 달기 시작했으니까요.

하얀 목련꽃, 분홍 벚꽃, 붉은 동백꽃, 연둣빛 느티나무꽃에 또 하얀 이팝나무꽃과 산딸나무꽃. 그 밑에서는 일찌감치 개나리와 연분홍 진달래에 이어 하얀 조팝나무꽃과 자줏빛 모란과 작약꽃에 다홍빛 명자꽃, 더 밑에서는 보랏빛 제비꽃과 노랑 민들레와 원추리와 비비추까지. 고개를 젖히면 때죽나무와 쪽동백의 종소리 같은 손짓에 빠져 당신의 기억을 멀찌감치 두는 날이 생겨나기도 했어요.

거기다 현관문을 열고 나서면 긴 복도를 살랑이며 오가는 아까시꽃의 향기는 또 어떠했고요. 바람이 부는 날이면 먼 산등성이에서 내려와 코끝에 스치듯이 향기를 전해 주고 가던 아차산 자락에서의 기억을 되살려 주어, 아린 고마움이 되는 거였어요. 아니, 꽃이 다 질 때까지는 항상 그 향기를 맡을 수 있어 오히려 수리산 자락에서의 넉넉함 같았지요.

하지만, 뭐니 뭐니 해도 이곳을 아우르는 꽃이 따로 있다는 걸 알게 된 건 조금 가면 나오는 철쭉 동산에 발길이 닿고서였어요. 너르게 펼쳐진 언덕 전체가 빨간 영산홍과 진분홍과 연분홍의 철쭉꽃으로 뒤덮여 있었으니까요. 거기다 드문드문 섞여서 핀 흰색과 황색 철쭉꽃까지, 누군가의 절절한 부름으로 온 철쭉이 모여 무리를 이룬 듯한 풍경이었어요.

꽃나무들의 키도 사람의 어깨를 넘어서는 게 대부분이라, 사이사이로 난 길을 오가는 이들이 꽃에 묻혀 아예 또 다른 철쭉꽃으로 피어나고 있는 것처럼 보였어요. 그 일렁임이 철쭉꽃 위로 잔바람이 지나가며 만들어내는 물결처럼 보여지기도 했고요.

당신은, 익히 알지요.

내가 얼마나 누군가를 들이기 싫어하는 성격인지를요. 집엔 말할 것도 없고, 아차산 근처에 자리한 대공원에 놀러 오겠다고 해도 이리저리 핑계를 대곤 했었잖아요. 그랬던 내가, 당신을 보내고 도망치듯 이곳으로 숨어버린 내가 철쭉꽃의 동산을 보며 누구들에겐가 보여주고 싶다는 생각을 하게 됐다면 믿을 수 있겠어요.

꽃나무의 숲이 있는 거처로 옮겨와 당신을 보낸 날의 가슴 패인 기억을 매끈하게 다듬어가고 있는 것만으로도 다행스러운 일인데. 내가 한번 물 주지도 않고 피운 철쭉꽃들로 하여 초대라는 말을 입에 달고, 벌써 일곱

해째 오월을 보냈다면 말이에요. 수리산역에 내린 이들은 '다시, 카라의 찻집'이라고 내 스스로 이름 붙인 곳에 먼저 들렀어요.

차 한 잔 나누고 나서 철쭉꽃 동산에로의 안내를 시작할 때면 마치 내 소유의 대단한 장소로 향하는 듯한 느낌이 드는 거였지요. 한참 신이 나서 자랑을 늘어놓고는 감탄이 여기저기서 터져 나오는 걸 듣고 있노라면, 영락없이 내가 가꾼 꽃동산이었다니까요. 돌아가는 길엔 다들 십 년 치 철쭉을 오늘 다 보았네요 라는 말을 남기더군요.

배웅을 하고 나서는, 철쭉꽃 나무도 저렇게 클 수 있나 싶은 그늘에 다시금 들어 혼잣말을 하곤 했어요. 오늘의 초대로 하여 저 꽃들은 또 하나의 값을 지닌 거로구나. 저들을 보며 나온 감탄이 다음 오월의 초대를 또 이끌어 내겠구나 하고요. 뒤에 이어지는 건 고마움의 말, 너희들로 하여 내가 나눌 것이 있는 삶이 되었네 라는 한마디였고요.

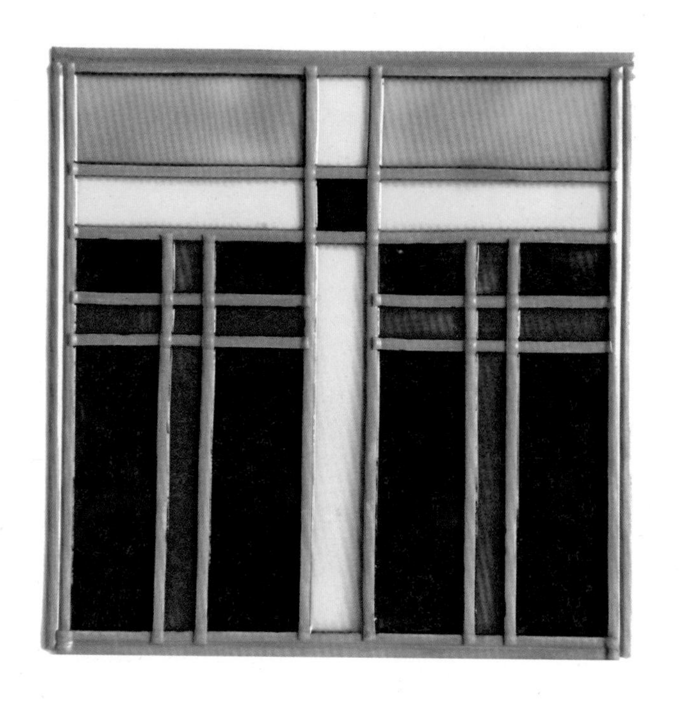

부부로 살다가 그렇게 나란히, 꽃이 울을 만들어주는

나라의 안식처에 들 수 있는 이가 흔할까요.

꽃값

다시 둘

맏딸인 내 입에서 '오늘 당신은 참 멋지군요' 하는 말이 탄성처럼 나온 게 왜 하필이면 이승에서의 당신 마지막 자리였을까요. 훈련복에 군화 차림이거나 정복에 모자를 쓴 당신 모습을 보며 멋지다고 느꼈던 기억은 당신이 퇴역을 하면서 끝이었지요.

물론 그 후로도, 사람은 항상 일해야 한다는 당신의 신조대로 군대가 아닌 다른 일터에서도 열심이셨지만 멋지다고 느낀 적은 없어요. 일 년여 심해진 치매와 다리를 쓰지 못함으로 하여 요양병원에 계시는 동안 찾아뵈면서는 더욱 그랬고요.

그 쇠잔한 모습을 잊어도 좋을 만큼 당신의 삶이 힘 있는 것이었다는 느낌은 사실 장례 기간 때부터 들기 시작했어요. 영정으로 모신 당신의 얼굴에는 비록 노인이기는 해도 그 눈썹과 꽉 다문 입술에 군인의 기개가 서려 있었으니까요.

거기다 육사 동창회에서 온 조기가 내걸리자, - 전시에 배출된 당신의 기수는 졸업생도 많았고, 전선에서의 희생도 유독 많았다지요 - 비로소 당신이 무공훈장까지 받은 마지막 참전 용사였다는 게 새삼 인식이 되더군요. 다들 연로한 탓에, 평소 당신이 생사를 함께 넘나들었던 전우라고 손꼽던 동기생은 누구 하나 조문을 올 수가 없었지만요.

입관을 하고 관 전체가 태극기로 덮였을 때는 말이에요. 당신의 턱과 가슴과 다리에 나 있던, 궂은 날이면 미처 제거하지 못한 파편으로 하여 몹시 저리다던 전투의 상흔이 그 위에 다시금 새겨지는 듯해서 가슴이 아파 왔어요. 유골함도 태극기와 함께 보훈처에서 전달이 되어 온 것이라 더욱 뿌듯함을 안겨 준 건 물론이었어요. 먼저 돌아가신 어머니의 유골 또한 국립 대전 현충원에 나란히 안장될 수 있다는 무엇보다 기꺼운 통보를 받은 뒤였거든요.

이십여 년 전에 가신 어머니의 유골함을 모셔다 당신의 영정 앞에 놓고 나니, 오랜만에 보는 거군 하는 당신의 한마디가 들려오더군요. 십 년 전 매장했던 어머니의 유골을 화장하기 위해 수습하던 날이었나요. 면장갑 낀 손으로 흙을 털어 내다가 머리뼈의 이마 부분을 쓰다듬으며 그리 말씀하셨지요.

그게 얼마나 힘든 시간의 아주 짤막한 토로였는지를 그땐 헤아리지 못했어요. 무남독녀였던 부인이 간 후 정신이 들락날락하는 장모를 삼 년 넘게 돌보며 지낸 것에 대한 거라고만 여겼을 뿐. 한데 내가 혼자 되고 나서야, 당신의 그 홀로 버틴 나날이 지독히 외롭고 지루하고 맥이 풀리는 시간과의 또 다른 전투였다는 걸 알겠더군요.

화구에 들어가기 전 관 위의 태극기는 거두어지고, 두 시간 뒤 유골함에 담겨진 당신을 안고 밀려오는 졸음에 고개 끄덕대며 도착한 현충원. 그곳에서 부상을 입고 살아온 당신이 나라로부터 마지막 어떤 대우를 받는가를 여실히 보게 된 거예요.

합동으로 안장식이 거행되는 현충관 앞에는 이미 꽃으로 둘러싸인 단이 마련되어 있었어요. 도착하자마자 당신과 똑같은 유골함으로 옮겨진 어머니의 위패도 당신의 위패 옆에 나란히 놓여졌고요. 의식은 각 위패의 호명 뒤에 유족 대표의 헌화와 헌시 낭독과 트럼펫 소리 속에 행해진 묵념과 치사로 이어졌어요.

그리고서 흰 마스크와 장갑의 의전병이 정중한 발걸음으로 당신의 유골함을 받쳐 들고 가운데 통로를 지나는 순간. 바로 그 순간에 손수건을 눈에서 떼지 못한 채 바라보고 있던 내 입에서 '우리 아버지 오늘 참 멋지시네' 하는 말이 터져 나왔어요.

그날 안장된 분들 중에 당신의 계급이 가장 높았기에 당신이 맨 앞에 서고 그 뒤를 어머니가 이어서 따르는데, 어찌 줄줄 흐르는 눈물 속에서도 가슴이 벅차오지 않았겠어요. 먼저 간 배우자까지 나라가 관리해주는 안식처에 들게 하는 당신의 힘이 느껴졌지요.

미리 파 놓은 장교 묘역 당신의 자리엔 우리 보다 앞서 유골함을 든 두 명의 의전병이 도착해 있었어요. 흰

보자기에 싸인 채로 당신과 어머니의 유골함이 나란히 놓인 뒤 차례로 흙을 뿌리고 나는 순례길에 담아 온 성수를 몇 방울 떨어뜨려 드렸어요.

당신과 어머니가 만난 것도 전쟁 중 당신은 소위였고 어머니는 교사였다지요. 똑같이 황해도가 고향이었고요. 처음부터 마음에 든 건 아니었는데, 전방으로 나가면 못 살아올지도 몰라서 건넨 편지가 결국은 부부의 연이 되었다던 어머니 이야기도 새삼 기억이 나더군요.

그래서였을까요. 비석이 세워졌다는 연락을 받고서 나의 아들과 함께 찾아 갔을 땐 그곳이 마치 당신과 어머니가 신혼 살림을 차린 동리로 여겨지는 거였어요. 당신 말마따나 오랜만에 해후하고 나누는 도란도란 말소리도 들리는 듯했고요.

게다가 묘역을 둘러싸고 영산홍이 줄지어 심어져 있어 다홍빛 그 꽃들이 울타리를 이루고 있는 정경이었어요. 부부로 살다가 그렇게 나란히, 꽃이 울을 만들어 주는 나라의 안식처에 들 수 있는 이가 흔할까요. 전시가 아니면 맺어지지 못했을지도 모를 인연. 그래서 그 꽃의 값이 유난히 깊게 안겨오는 저녁이었나 봐요.

기억을 찾아 떠난 여행의 끝에서 만난,

화초가 아닌 그 화초가 지닌 값.

꽃값

다시 셋

오늘은 기억을 더듬기 위해 떠났던 여행 이야기를 해야겠네요. 석 달 전 경주, 내내 우산을 쓰고 돌아다닌 그곳에서는 눈에 보이는 것들 안에서 뭔가를 읽어내고 싶다는 바람이 컸어요. 반월성터 묵은 나무들과 계림의 귀기마저 서린 듯한 나무들 앞에서도 저들이 지닌 오랜 기억을 조금이라도 꺼내볼 수는 없을까 하고요.

땅 속의 우물을 끌어올린 형상이라는, 별을 바라보는 탑 첨성대는 쌓아올린 돌들 사이로 난 구석구석 틈이 세월을 헤아리게 하더군요. 저러다 어느 날 한쪽이 무너져 내리면 어쩌나 하는 우려는 밤에 또 가서 마주

한 위용 있는 모습에 묻혀버렸지요.

다음날 찾아간 포석정에서 거북 모양을 닮은 물길을 보노라니 둘레에 앉아 술잔을 건져 올렸을 선인들의 운치가 약간은 헤아려지더군요. 보문단지에 있는 첨성대 크기의 꽃탑이 그걸 만들었던 남편을 금방이라도 불러올 것만 같았던 느낌보다는 덜했지만요.

빗물이 흘러내리는 길을 철벅이며 찾아간 선덕여왕릉은 무척 외진 곳에 자리해 있어 생전의 외로움을 먼저 보는 듯했어요. 비안개가 깔린 낭산의 아름드리 소나무들이 여왕이 다스렸던 백성들의 화신처럼 여겨져, 아직도 그 다스림 아래 있는 양 고개가 숙여졌고요.

불국사와 석굴암을 향할 즈음에야 비가 그쳤어요. 석굴암으로 가는 길에서는 추운 날 남편과 함께 걷고 있는 나의 뒷모습이 저만치 앞서가곤 하더군요. 누군가를 먼저 보낸 사람들은 항상 그렇게 함께 했던 장소에서 뒷모습을 만나게 되는 거겠지요.

그리고 한 달 뒤엔 부여, 남편과 갔던 때는 여름이었지만 이번에는 가을의 중간이었어요. 그래서인지 막 단풍이 들기 시작한 나무들이 삶의 계절이 흘러갔음을 인식하게 해주더군요. 부소산성 안에 들어 고란사와 낙화암을 향해 가는 길은 호젓한 쪽을 택했어요.

낙화암에서 강물을 한참 내려다보고 나자 온 길을 되돌아갈 힘이 남아 있지 않았어요. 정림사지 오층석탑과 박물관을 둘러보고 오느라, 벌써 해가 기울어 가고 있었으니까요. 선착장의 '막배 떠나요' 하는 소리가 얼마나 반가웠는지 몰라요.

배에서 내려 차로 다시 그 강을 가로지르는 다리를 건너 백제 문화 단지가 있는 곳으로 향했어요. 엄청난 규모의 리조트에 들고 나니, 여관에서 묵었던 때와 어찌나 비교가 되던지요. 둘이서 하룻밤 여행을 할 수 있는 것만으로도 좋았던 무렵이었으니까요.

백제 문화 단지는 아들과 함께 한 새로운 기억으로 남기에 충분한 곳이었어요. 사비 시대 궁궐과 여러 계층 사람들의 집을 재현한 사비성도 볼 만했고, 큼지막한 목조 부처와 복제한 백제 금동 대향로에서 향이 피어오르는 걸 본 왕실 사찰 능사도 인상적이었어요.

부여에서 출토된 고분을 이전해 놓은 고분공원도 특이했지만, 온조가 비류의 미추홀을 통합한 뒤 한성에 자리잡고 지은 위례성이 놀라웠어요. 왕이 머무는 궁궐이 풀로 엮은 지붕에 나무 기둥과 흙벽이리라고는 짐작조차 못했거든요. 몇 천 년 전이니 당연한 건데요.

두 달 뒤엔 내 기억들만이 남아 있는 곳, 인천으로 향했어요. 육십 고개를 넘어가는 시점에서 마침과 시작을 위한 시간이 필요했다고나 할까요. 그러기에 안성맞춤인 곳이 결혼하기 전까지의 나를 만날 수 있는 그 바닷가 도시였지요.

인천역 근처에 있는, 그때는 들어가 볼 엄두도 못 냈던 호텔에서 우선 커피를 한 잔 마셨어요. 그곳이 마냥 조촐하게만 느껴졌던 건 형편이 나아져서가 아니라, 나이 들어 매사에 담담해진 눈 때문이라는 게 맞겠지요.

차이나타운은 중국의 한 관광지를 옮겨다 놓은 듯한 착각이 들 정도였어요. 그보다는 해안 성당의 색을 입힌 유리창과 개화기의 흔적이 느껴지는 건물들이 더 정감있게 다가오더군요. 단발머리의 나를 만난 건 거기서 한참 올라간 자유공원에서였어요. 그곳에선 철마다 글짓기 대회며 사생 대회가 열리곤 했거든요.

문화예술회관이 들어선 초등학교 자리와 그 앞의 문

구점과 서점을 더듬으며 비탈길을 내려갔다가 다시 돌아와 올려다보니, 그때는 컸던 외국 장군의 동상이 크게 보이질 않더군요.

그리고 눈에 들어온 게 화단을 빽빽이 채우고 있는 자주색과 연두색의 꽃양배추. 조경을 하던 남편이 이 무렵에 꽃의 느낌을 줄 수 있는 식물은 저것 밖에 없어 고맙다던, 동그랗게 펼쳐진 잎이 꽃처럼 보이는 양배추였지요.

어떤 화초도 쉽게 얼굴을 내밀 수 없는 언 계절에 유일하게 꽃의 느낌으로 앉아 있는, 잎모란이라고도 불리는 그들이 갑자기 귀하게 여겨진 건 내 삶의 계절이 이제는 겨울로 향하는 길목에 들어섰다는 인식 때문이었을까요.

기억을 찾아 떠난 여행의 끝에서 만난, 화초가 아닌 그 화초가 지닌 값. 그건 꽃을 품을 수 없는 계절 안에서도 꽃을 향한 마음은 결코 거둘 수 없는 것임을 알게 해 준 데 있다고 해야겠지요. 삶의 세 계절을 마무리하고 이제는 남은 한 계절을 살아내기 위한 다짐이 절실한 시점이었으니까요.

아들과 어머니가 벗이 되어 함께 다닐 수 있게 된

여행의 상서로움과 더불어,

그 꽃의 값이 거기에 있었다고 해도 무방하겠지요.

다시 넷

넝쿨 줄기의 끝에서 연필심만한 봉오리가 보이기 시작했을 땐 설마 꽃일까 했었어요. 처음 화분을 사왔던 삼 년 전에 몇 송이의 꽃을 본 이후로는 반지르르한 짙은 녹색의 이파리만 보고 마는 게 다였으니까요.

좀 굵은 밑의 줄기가 두 갈래로 갈라져 올라와 위에는 다섯 개가 아래에는 네 개의 봉오리가 맺혀 아주 조금씩 통통해져가는 걸, 하루에도 몇 차례씩 확인하며 지낸 늦봄이었다고 해도 지나친 말이 아닐 거예요.

그러다 드디어 나선형으로 꼭꼭 말려 있던 봉오리 하나가 풀어지며 비단처럼 고운 자주색 꽃잎을 벌려 주었을 때의 기쁨은 굳이 말로 하지 않아도 아시겠지요. 그제야 꽃의 이름을 다시 찾아보니, 천사의 나팔 소리라는 꽃말을 지닌 만데빌라였어요.

한 송이씩 피어나는 걸 지켜보면서도 걱정이 되었던 건, 앞쪽에서 핀 꽃송이에 가려 뒤쪽에 있는 꽃송이가 피지도 못하고 봉오리인 채로 떨어져 버리면 어쩌나 하는 거였어요. 섣불리 만지다가는 오히려 내 손에서 떨어져 버릴까 싶어 그러지도 못하고요.

피어나는 꽃송이가 안겨 주는 기쁨과 봉오리인 채 커져가는 꽃송이가 안겨 주는 조바심에 틈날 때마다 들여다보곤 했는데, 내가 그 작은 꽃나무의 질서를 얼마나 몰랐는지 시간이 지나면서 저절로 알게 되더군요.

앞쪽에서 활짝 피었던 꽃송이가 조금씩 그 싱싱함을 덜어내다가 시들어 버릴 때쯤이면 옆으로 살짝 고개를 틀고, 그 사이로 뒤쪽에 있던 꽃송이가 고개를 내밀어 조금치의 맞닿음도 없이 피어나는 거였으니까요.

꽃잎을 활짝 열어 자기에게 주어진 시간만큼 피었던 꽃송이가 스스로 물러나며, 뒤에 가려져 있던 다른 꽃송이를 위해 햇빛을 향한 길을 터 준다는 사실은 놀라

움이라기보다 오히려 깨달음에 가까웠지요.

게다가 안 피던 꽃이 피어났다는 건 상서로움의 예시일 테니, 그 만데빌라의 아홉 송이 꽃이 다 피었다 질 때까지 마음 안에서는 줄곧 기쁨의 바람이 불었어요. 상서로움의 크기는 받아들이는 사람에 따라 다른 것이어서, 아들과의 짧은 문화재 여행이 바로 그것이었다고 한다면 너무 작은 일에 의미를 둔다고 하시겠어요.

처음엔 어차피 기차표를 끊어 내려가는 이삼일 아들에게로의 행로이니, 시간이 아깝지 않게 한두 군데 둘러보자는 데서 시작이 됐어요. 지지난 해에 다녀온 경주와 부여에서도 그랬고, 지난해에 다녀온 부산의 범어사와 양산 통도사에서도 물론 그곳의 풍경과 더불어 보존된 문화재를 살펴보기는 했지만요.

하지만 올 들어, 아들이 아예 여러 곳에 있는 국보와 보물의 목록을 표로 만들더니 그걸 찾아다니는데 의미를 두자고 하는 거였어요. 그리고는 지역별로 가볼 곳을 하나하나 찾아서 빡빡한 일정을 짜 놓기까지 하는 게 아니겠어요.

내려가기만 하면 이번에도 녹록치 않은 여정이니 편

한 신발 신고 오셔요 하는 게 빈말이 아니라고 여길 정도로 빠짐없이 둘러보곤 했지요. 이른 아침부터 저녁 늦게까지 그야말로 의미 있는 아들과 어머니의 문화재 기행인 셈이었어요.

지금까지 본 것 중에 인상 깊게 와 닿은 것을 꼽으라면, 안동 법흥동의 가림막이 설치된 철로변에 있던 칠층전탑과, 흉년으로 인해 쌓다가 중단된 채로 남아있는 군위 화산산성의 북문터와, 텅 빈 절터 가운데 쌍사자 석등 하나와 삼층석탑만 남아 옛 영화를 전하는 합천 영암사를 들어야겠네요.

하나 더 하라면, 돌아오는 저녁 빗길에 뜻하지 않게 들를 수 있었던 김수환 추기경님의 생가였고요. 그분의 사진이 걸린 방문 앞 툇마루에 앉아 기도하고, 마당에서 네잎 클로버를 하나씩 따고서는 좋아했지요. 남은 날을 잘 꾸려갈 힘을 얻은 기분이었으니까요.

나는 나대로 글 안에서 그 탐방의 기록들이 의미를 지닐 테고, 자연과학을 하는 아들에게는 또 그 나름대로의 의미를 지닐 테니 시간이 지날수록 잘 선택한 여정이라는 생각이 들어요. 조경을 했던 아버지도 계셨다면, 우리 못지않게 반기셨을 거예요 하는 아들의 말과 함께 말이에요.

그러고 보니 결코 빼놓으면 안 될 올 여름 칠곡에 있는 송정 휴양림에서의 시간이 있네요. 친정아버지가 돌아가신 후 꼭 하자고 이 년을 벼르다가 이루어진 여동생 부부와의 여행에서 크게 얻은 게 있거든요.

은행나무라는 이름이 붙은 숲속 나무집에 들어 저녁을 해 먹고, 빗소리를 들으며 제부와 여동생과 아들 셋이서 화투놀이를 했어요. 동전을 주고받으며 오가는 말들이 어찌나 재미있는지 옆에서 구경만 하는 데도 웃음이 나왔어요.

그때 예상치 않게 뭘 알게 된 줄 아세요. 좀 더 나이를 먹은 내가 이렇게 빗켜나니 저들이 저렇게 모여 앉아 즐겁게 지낼 수 있구나. 옆으로 비켜나 바라만 본다는 게 삶의 그리 서글픈 장면만은 아니로구나.

그게 바로 몇 년 만에 피어난 만데빌라, 그 꽃이 깨우쳐 준 삶의 질서가 아닐는지요. 아들과 어머니가 벗이 되어 함께 다닐 수 있게 된 여행의 상서로움과 더불어, 그 꽃의 값이 거기에 있었다고 해도 무방하겠지요.

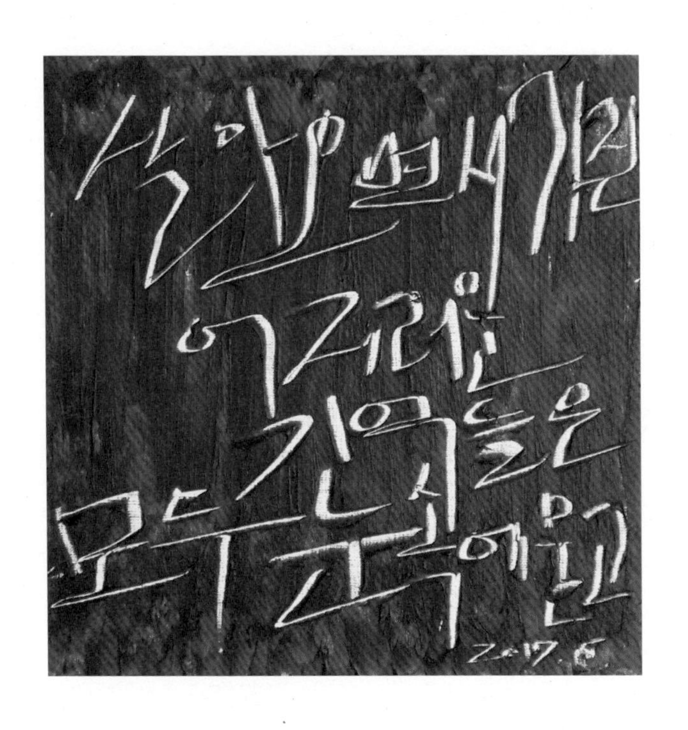

살아오면서 가진 어지러운 기억들은

모두 눈 속에 묻고, 이제는 눈 같은 눈빛으로만 이어가리라

작정하고 떠난 여행의 끝에서 찾아낸 꽃의 값.

다시 다섯

눈빛에 눈빛만을 담아가지고 온 나흘 간의 여행이었다면 짐작이 가시겠어요. 이제껏 살아온 육십 년의 시간을 눈 속에 묻겠다며 떠난 길이었어요. 거기다 남쪽 수도원에서 일하던 아들이 공부를 계속하겠다는 결정을 내린 터라, 또 다른 시작의 의미도 담겨 있었지요.

홋카이도의 동쪽에 자리한 도동 지역은 원시림이 그대로 남아 있고 눈도 많다더니, 그 말이 맞더군요. 아사이카와 공항에 내리기 전 비행기의 창문으로 보이는 풍경이 눈으로 뒤덮인 하얀빛 말고는 들어오는 게 없었으니까요.

공항 밖으로 나와 처음 만난 것도 무릎을 넘는 높이로 쌓여 있는 눈, 얼음으로 된 붉은 원숭이 모자 조각상이었어요. 그 많은 눈을 양옆으로 밀어 깎기라도 한 듯이 반듯하게 다져 놓은 눈길을 긴 버스는 잘도 달렸고요.

눈이 날리다 그치기를 반복하는 창밖은 넓은 들판이었다가 언덕이었다가 가지가 휘도록 눈이 쌓인 울창한 숲이었어요. 그 중 흰 줄기를 한 자작나무만 알아보겠더군요. 들판으로 보인 것들 중에 눈 덮인 호수도 있었다는 건 나중에 알았고요. 어쩌다 집이 나타나도 가파른 지붕에 눈이 두껍게 쌓인 모양새였어요.

제루부 언덕은 원래 그곳에서 가장 알려진 화원이라는데, 설원의 느낌으로만 다가왔어요. 켄과 메리의 나무라고 이름 붙여진 키 큰 미루나무를 보고 조금 이동해, 다리 위에서 시라히게 노타키라는 흰수염폭포를 내려다보았어요. 한쪽은 얼어 있는데 온천물이 흐르는 쪽은 김을 내며 흘러내리고 있었지요.

저녁에 든 숙소에서는 일본 전역에서 유일하게 솟아나는 완전히 탄화되지 않은 식물에서 나오는 유기물인

몰을 포함한 온천수에 몸을 담글 수 있었어요. 옅은 흙냄새가 나는 갈색 물은 토카치가와 그곳과 독일의 바덴바덴이라는 곳밖에는 만날 수가 없다고 하더군요.

아케다 와인성을 거쳐 굿샤로 호수로 향한 다음 날 일정도 역시 눈으로 시작이 됐어요. 온천의 열기로 인해 호수물이 얼지 않는 까닭에 한가롭게 노닐고 있는 백조를 만날 수 있었어요. 가까이 가면 물로 들어가 버리는 바람에 뒤만 쫓다 말았지요.

그리고서 그 호수와 마슈 호수 사이에 위치한 유황산으로 향했는데, 눈에 푹푹 빠지며 기슭으로 조금 다가가 보니 유황 냄새를 내며 피어오르는 연기가 두렵게 다가왔어요. 내가 서 있는 땅이 살아 있는 존재라는 사실이 갑자기 실감나서였겠지요.

아바시리 감옥은 착잡한 감정이 오가게 만드는 곳이었어요. 멀찍이서 바라보면 누군가의 별장으로 여겨지기도 하는 건물들이, 들어가 보면 앉거나 서 있는 죄수들의 모형까지 있어 섬뜩하게 만들곤 했으니까요. 눈 속에서 노역을 하는 일그러진 얼굴의 형상도 그 고통을 헤아려 보게끔 했고요.

다음 날은 아들이 고대하던 유빙선을 탔어요. 오츠크해를 바라보며 떠다니는 얼음덩이를 만날 수 있다는 말에 흥분을 감추지 못하더니, 온난화로 하여 흡족하게 볼 수 없어 아쉬워 했지요. 살얼음 몇 조각과 한 덩이의 유빙을 발견한 것만으로도 기뻐하더군요.

배에서 내려 찾아간 여우 목장에서는 어찌나 뜻밖이었는지 저절로 소리가 커졌어요. 울타리 안의 여우를 볼 줄 알았는데, 눈 언덕을 오가는 여우 수십 마리를 직접 대할 수 있었거든요. 만져볼 정도의 곁은 절대로 주지 않았지만요.

숙소에 들어 짐을 놓고 소운쿄 빙폭 축제장에 갈 수 있었어요. 눈으로 만든 움집 안에는 부처님과 부엉이와 토끼 등 각기 다른 조각상들이 있어 동전을 붙이며 행운을 빌게 만들더군요. 고드름이 석순처럼 달린 얼음 동굴도 조명으로 하여 신비로움을 더해 주었고요.

돌아오는 날 본 은하 폭포와 유성 폭포도 거대한 모양새로 얼어붙어 있었지요. 그 폭포 아래 눈 쌓인 계곡으로는 차가운 물이 흐르고 있어, 겨울 산의 정취를 더할 나위 없이 느낄 수 있었어요. 이런 풍경의 일부가 되는 날이 또 있을까 싶을 정도로요.

돌아오는 비행기 안에서는 쉽게 만나지 못할 눈 세상을 향해 손을 흔들며 생각했어요. 눈, 눈만을 품은 이 추운 일정을 견디게 해준 건 아침과 저녁의 온천욕이었다고요. 내리는 눈을 얼굴에 맞으며 김이 피어오르는 온천물 속에 몸을 담갔던 시간 속에서 지난 삶의 고단함이 많이 거두어졌으리라는 사실도요.

그리고 떠오른 게 노란 복수초, 눈 속에 피는 연꽃과 같다고 해서 설련화라고도 부르는 그 꽃이었어요. 살아오면서 가진 어지러운 기억들은 모두 눈 속에 묻고, 이제는 눈 같은 눈빛으로만 이어가리라 작정하고 떠난 여행의 끝에서 찾아낸 꽃의 값.

눈을 헤치고 고개를 내밀어 핀 그 꽃의 주위는 어느새 눈이 녹곤 하니, 눈 속에 피어나 제 둘레를 온기로 동그랗게 만드는 모습이야말로 삶의 원년임을 다짐하는 내게 가장 필요한 깨우침이 아닐는지요. 눈으로 덮는다는 의미만을 지닌다면 너무 아깝고, 그 차가움 속에 꽃을 피울 만큼의 따뜻함이 숨어 있다고 해야만 결코 모자라지 않을 테니까요.

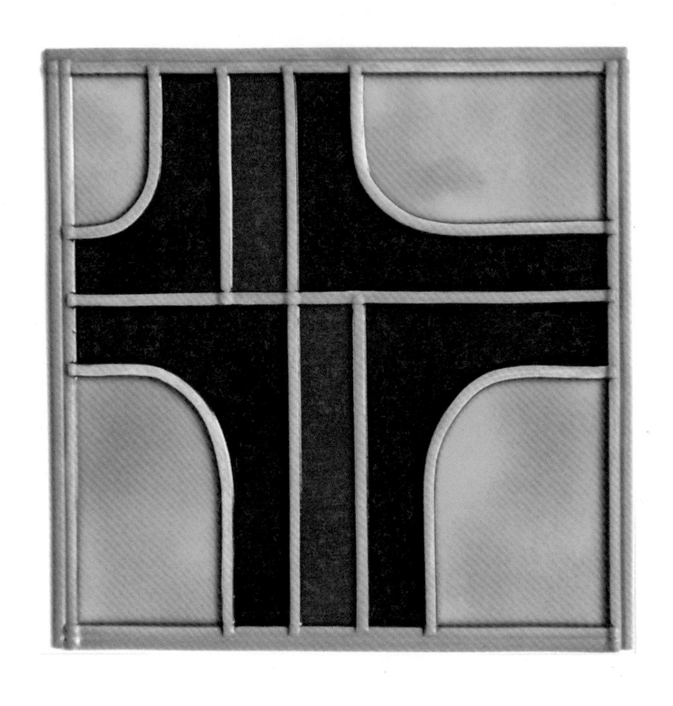

눈부신 햇살처럼 쏟아져 내리던 한 순간의 환희와

때로는 저린 가슴을 안고 혼자 흘려야 했던

핏방울 보다 진한 눈물.

꽃값

다시 여섯

언제부턴가 왜 '꽃'자만 쓰려고 하면 겁이 나는 걸까요. 다른 글자는 무난히 써나가다가도 '꽃'자 앞에서는 나도 모르게 손가락이 떨려 기어이 틀리고만 기억, 그게 쌓인 까닭일까요. 틀리지 말아야지 하면 할수록 받침에 가서라도 획이 이상하게 나가서 원고지나 편지지를 버린 게 얼마나 여러 번인지 몰라요.

하긴 왜인지 모르겠다는 말을 하기는 했지만, 내 스스로는 그 이유를 알고도 남음이 있지요. 꽃 이야기가 들어간 수필을 써온 게 삼십 년을 훌쩍 넘겼으니, 꽃은 이미 애착의 대상이 아닌 때론 두려움의 대상이 되어 가슴을 누르기도 하니까요.

그리된 게 처음부터의 계획은 결코 아니었어요. 꽃에 담긴 전설에 매료되어 있던 때였나요, - 물론 그것도 꽃을 주의깊게 바라본 누군가의 상상력에서 비롯된 것이겠지만 - 그 사연이 유난히 슬프다는 걸 알게 됐어요. 그 사연들로 하여 꽃이 아름다워지는 게 아닐까 하는 생각에 이르자, 사람 살아가는 이야기를 함께 담고 싶어지더군요.

어쩌면 우리 모두는 꽃들 못지않은 아픈 사연 속에서 삶의 아름다움을 피워가는, 꽃보다 더 절절한 존재들인지도 모르니까요. 꽃을 좋아하고 그래서 그 품은 이야기에 빠져들다가 사람살이에까지 연결을 시키다 보니, 꽃이 들어간 글이 모이기 시작한 거지요.

게다가 내가 태어난 사월엔 유난히 꽃이 많이 피어나는 까닭에 뒤늦은 필연으로까지 받아들이게 되자, 아예 편집증 수준이 되어갈 밖에요. 거기에 더해 남들이 꽃 이야기를 다루는 사람으로 못 박아 버린 뒤로는 물러설 수 없는 고집이 되었고요.

물론 한두 차례의 흔들림이 없었던 건 아니에요. 그

림이라면 또 몰라도, 내 짧은 말로 어디까지 꽃을 그려낼 수 있겠나 생각에 눌려 문을 닫아버린 날이었던가요. 처음엔 홀가분해진 마음에 조용했는데 차츰 바람이 일어 소리를 불러오는 거였어요.

"네 멋대로 우리 이야기를 담기 시작해 놓고, 이제와서 그만두겠다고. 네 글 속에서 언젠가는 다시금 피어나리라 해온 남은 우리의 기다림을 이대로 묻어 두고 말겠다고."

곱지만 날카로운 꽃들의 그 아우성에 귀를 막고 버티다가 하는 수 없다며 문을 열기까지 얼마 걸리지도 않았다면, 아마 웃으실 거예요.

"그래, 차라리 꽃 수필을, 터져 나오듯이 꽃이 피어나는 달에 태어난 내 삶의 작업으로 여기자꾸나. 모자라는 말로 그려 내느라 저희들 얼굴을 엉망으로 만들어 놓았다고 종당에는 꽃들의 지옥에 끌려가는 경우가 생기더라도."

돌아보면 꽃 수필은 글이 아니라 곧 내 삶이었어요. 눈부신 햇살처럼 쏟아져 내리던 한 순간의 환희와 때로는 저린 가슴을 안고 혼자 흘려야 했던 핏방울 보다 진한 눈물. 그러기에 한번 글에 담겨진 꽃은 더 이상 눈으로 바라볼 필요가 없었지요. 써내는 사이 그건 이미 나의 일부분이 되어 갔으니까요.

그러면서 품게 된 야무진 소망이 있었다면, 아직도 눈으로 바라보고 있는 숱한 꽃들을 몽땅 마음 안에 받아들여 눈을 감고 바라보고 싶다는 것. 그러기 위해선 새로운 꽃을 만나고 쓰는 일보다 사는 데 훨씬 정성을 들여야 한다는 사실도 물론 함께요.

거기다 우리의 다양한 삶을 여러 가지 꽃에 비유한 조선 시대의 가객 노가재 김수장의 꽃 사설시조를 대하면서는 다른 깨달음을 얻을 수 있었어요. 애써 발견한 꽃의 특성과 수시로 맞닥뜨리게 되는 삶의 일면을 연결시켜온, 남들이 뭐라고 하건 내게는 더할 수 없는 뿌듯함을 안겨준 그 작업이 나만의 것이 아니었다는 사실을 인식하게 된 거지요.

의인화된 열두 종류 꽃이 초장부터 종장까지 나열되어 있는 그 사설시조를 통해 나와 같은 착상을 한 이가 오래 전에 있었다는 것. 삶은 아무리 긴 시간이 흘러도 결국은 거기서 거기기에, 엄밀한 의미의 독창성은 존재하지 않는다는 걸 알게 된 것이기도 했고요.

꽃을 향한 나의 눈이, 삼백 년 전에 살았던 가인의 눈을 닮은 것에 불과했다는 걸 알게 한 그 꽃 사설시조 탓일까요. 얼마 전부터는 꽃 이야기가 들어간 수필에 제목을 달기가 싫어졌어요. 그 이름이라는 것도 실은 사람이 붙인 것이니, 그들 속에 담긴 치열한 목숨값을 읽어 낼 수만 있다면 하는 결론에 이르렀기 때문은 아닐까 싶어요.

어느 날 뜬금없이 그동안 내가 사들인 꽃의 값은 얼마나 될까를 헤아리다 보니, 그건 단순한 꽃값이 아니라 나와 누군가를 위해 쓴 마음 값이었다는 걸 알게 되더군요. 마음이 가지 않는데 다른 것도 아닌 꽃을 사서 건넸을 리는 만무하니까요.

앞으로는 쓰다가 틀리는 글자가 '꽃'자에 이어 하나가 늘어날 것 같은 생각이 드네요. 꽃에 너무 매달리다가 그 글자 대하기가 두려워졌는데 이제는 '값'자까지 그리되게 생겼으니까요. 하지만 어쩌겠어요, 틀리면 다시 쓰기를 반복하면서라도 안고 갈 밖에요.

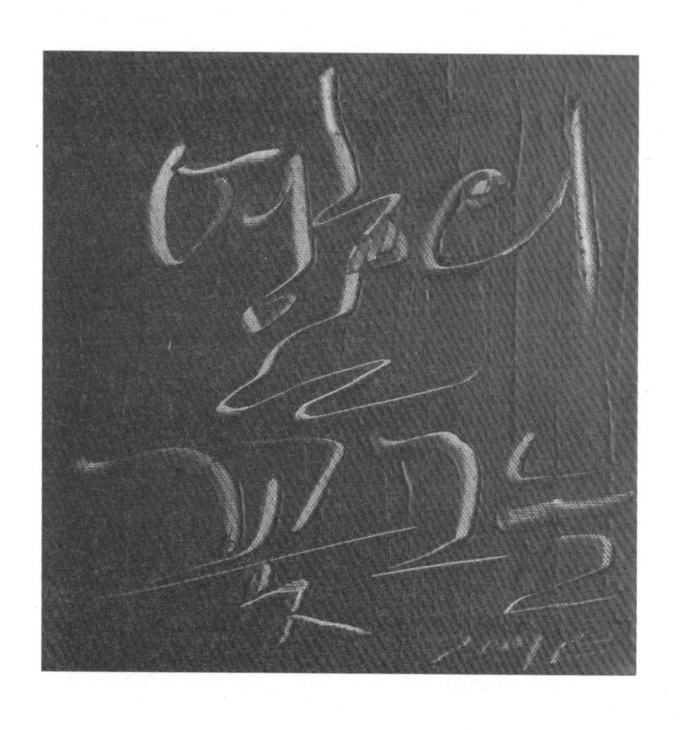

밝고 든든한 의미의 그늘, 그 중에서도 꽃그늘이라는 말을

가슴 가운데 품고 사는 건 그 아래 머물고 싶다는 바람이

무엇보다 크기 때문일 거예요.

꽃값

다시 일곱

그늘이라는 낱말의 의미를 아세요. 어둠과 밝음의 상반된 의미가 한데 들어 있다는 것도요. '빛이 가려 어두운 부분, 드러나지 않은 곳, 불안하거나 불행한 상태 또는 그 때문에 나타나는 어두운 표정'으로 명시된 건 어둠의 부분이겠지요. 반대로 '의지할 만한 대상의 보호나 혜택'이라고 명시된 건 밝음, 즉 든든함의 부분이 될 거고요.

몇 년 전 여름, 집 근처에 있는 산을 오르다가 문득 든 생각이 있었어요. '이 숲이 만들어 주는 그늘 아래서 얼마나 많은 풀꽃들이 피었다 지고, 올망졸망한 산

짐승과 새들이 보금자리를 틀고, 의지가지없는 풀벌레들이 안온하게 숨어 지낼 수 있을까'

그러다가 콧등이 시큰해지며 눈물이 고이는 거였지요. 이제 내게는 그러한 그늘이 없다는 것, 그래서 자꾸만 그늘이라는 낱말이 지닌 어둠의 의미 쪽으로 기울어지려는 걸 애써 막으며 살아야 한다는 사실에 서러움이 밀려온 때문이었어요.

누군가의 보호 속에 있다는 그늘의 밝음, 그 든든함의 의미를 처음으로 실감한 건 친정어머님을 잃고 나서였어요. 결혼을 한 뒤였으니 딱히 어머님의 그늘에 있었다고 할 수는 없지만, 어머님이 안 계신 친정은 어느 곳보다 따뜻했던 그늘의 의미를 바로 상실하고 말더군요. '어서 와라' 하고 반기는 목소리를 더는 들을 수가 없었으니까요.

그러다 시어머님을 잃고 나서는 현실적으로 그러한 그늘의 없어짐이 어떤 것인가를 절실히 느껴야만 했어요. 살림을 도맡아 하며 아이도 키워 주신 덕에, 집안일에 구애받지 않고 학교 나가는 일과 글 쓰는 일을 자유롭게 할 수 있었거든요.

그랬던 분이 가신 뒤 여러 가지 일을 한꺼번에 꾸려 나가기가 너무 버거워서, 간신히 삼 년여를 버티다가 직장 생활을 접고 말았지요. 시어머님이 그러셨던 것처럼 이제는 내가 남편과 아들에게 편안함을 줄 수 있는 집의 그늘이 되어 주어야 한다는 생각이 점점 강해지기도 했고요.

누군가의 그늘 아래 있다는 안도감 못지않게, 누군가의 그늘이 되어 주고 있다는 뿌듯함도 좋은 것이구나 하고 여길 만큼 시간이 흘러갔어요. 시어머님이 가시던 해에 유난히도 많이 피어 꽃그늘을 만들어 주었던 수수꽃다리의 보랏빛 꽃도 이듬해부터는 줄어들었어요.

한데 가신 지 십 년 만에, 처음 만나 뵐 때 입었던 청록색 한복 차림으로 시어머님이 왜 대낮의 꿈에 오셨던 걸까요. 스물한 살에 혼자가 되어 키운 아들을 데리러 오셨다면서요. 그 누구보다 효자였던 아들은 내가 말릴 틈도 없이 따라나섰지요.

진땀을 흘리며 깨어난 그 꿈이 결국은 너무 늦게 발견되는 바람에 손을 쓸 수조차 없이 남편에게 닥쳐온 병마의 예고였고, 한 달이 채 가기도 전에 가장이라는 그늘을 잃고 말 엄청난 일의 예고였지요. 칠 년이 지난 지금도 두려움에 가슴 떨게 만드는 기억이에요.

아들과 함께 뒤에 남겨진 여자가 겪어야 할 일들, 시어머님도 똑같이 겪으셨을 그 일들을 다 치루면서 가장 힘들었던 게 뭔 줄 아세요. 어떤 문제가 생겼을 때 믿고 의논할 그늘 없이 내 스스로 판단해서 결정하며 아들의 그늘이 되어 주어야 한다는 것.

그러한 그늘의 부재를 겪어낸 뒤라서인지, 올 봄 친정아버님이 돌아가셨을 때는 그다지 큰 상실감이 안겨오지 않았어요. 모시고 살지 않은 탓도 있겠지만, 이제는 부모님이 다 안 계신다는 것이 슬픔으로 다가오지 않을 만큼 깊은 그늘의 부재에 익숙해진 거라고 하는 게 맞겠지요. 그런 내 자신이 실은 정말 서글픈 모습이라는 건 알지만요.

누군가의 그늘이 내게는 더 이상 존재하지 않는다고 해도 나는 끝까지 아들에게 먼저 간 아버지의 몫까지 그늘이 되어 주어야 한다는 사실. 때로는 그 무게감으로 하여 그늘이 지닌 어둠의 의미 속으로 한없이 끌려들어갈 때가 있어요. 힘들지 않은 척 견딜 만한 척 하는 걸 그만두고 그냥 무너져 버리면 차라리 편할 것 같다는 생각도 하지요.

그걸 이기기 위해 마음의 줄다리기를 계속해야 하는 생활이 수월한 건 결코 아니지만, 생각의 방향을 바꾸면 그 긴장감이 지금의 나를 지탱해 주는 힘이 아닐까 싶기도 해요. 밝고 든든한 의미의 그늘, 그 중에서도 꽃그늘이라는 말을 가슴 가운데 품고 사는 건 그 아래 머물고 싶다는 바람이 무엇보다 크기 때문일 거예요.

어쩌면 더는 이곳에서의 그늘을 만들어 줄 수 없는 그분들이, 특히 남편은 위에서나마 내게 영혼의 꽃그늘을 만들어 주고 있지는 않을까요. 내가 이리 고달프게 그늘의 역할을 다 하고 그곳으로 가, 똑같은 꽃그늘을 아들에게 만들어 주게 될 때까지 말이에요.

그러니 그늘이 누군가의 보호와 혜택을 뜻하는 낱말이라면, 꽃그늘이라는 낱말이 내게는 이 지상의 것이 아닌 천상의 것으로 다가온다고 해야겠지요. 흐드러져 핀 꽃그늘, 내게 그늘이 되어준 이들을 만나는 날, 피어난 꽃들은 비로소 그 값을 다하는 것일 테고요.

살아온 시간이 긴 만큼 기억도 많을 테고,

그 기억이 심어져 자라난 시간도 만만치 않을 테니

이제쯤은 숲을 이루고도 남지 않을까.

꽃값

다시 여덟

짧아도 길게 느껴지는 길이 있고, 나무 몇 그루 서 있지 않아도 울울한 숲으로 여겨지는 곳이 있지요. 내가 사는 아파트의 건물 옆으로 난 좁고 짧은 길이 바로 그런 장소예요.

보통 걸음으로도 일분이 채 안 걸리는, 한쪽엔 목련나무와 단풍나무와 소나무가 대여섯 그루 서 있고, 한쪽엔 메타세콰이어 나무가 열한 그루 서 있는 조금 비탈진 길이지요. 가운데만 시멘트가 깔려 있어 흙을 밟을 수 없는 게 아쉽기는 하지만요.

워낙 폭이 좁아서 바람이 불면 휘청대는 끝가지들

이 맞닿을 정도지만, 연둣빛 순과 무성한 이파리와 물든 단풍은 물론 눈이라도 내리면 금세 먼 곳에서나 만날 수 있을 듯한 설경으로 사계절을 담아내는 데 결코 모자람이 없어요.

나갈 때는 물론 돌아올 때도 주차장을 겸한 앞쪽을 두고 일부러 그 길로 오가곤 하다가 어느 날 문득 알아진 게 있어요. 짧은 그 길에서 숲을 보는 건 아직 남아 있는지 알 수도 없는 상상력 때문이 아니라, 내 안에 자리한 기억 때문이라는 사실 말이에요.

삼십 년 가까이 함께 한 사람을 보냈던 늦가을, 겨울 들면서 찾아간 남이섬에서 메마른 가지가 되어가고 있는 메타세콰이어 긴 가로수 길을 걸었거든요. 길은 마치 그 사람이 나와 아들을 남겨두고 눈물 후두둑 떨구며 돌아서 갈 수밖에 없었던 처연함 같기도 했고, 그럼에도 어떻게든 추슬러 일어나 보려는 나의 안간힘으로 다가오기도 했으니까요.

옮겨와 머물게 된 거처의 짧은 길과 몇 그루 나무들에 햇빛 안개가 내리고 빗방울이 듣고 눈이 내려앉는 걸 그다지도 길고 깊게 받아들인 건 어쩌면, 그때의 기억이 남아 있어서는 아닐는지요. 시간이 갈수록 선명해지는 기억도 있는 법이잖아요.

올 유월, 짙은 여름이 오기 전에 찾아간 안면도 휴양림에서 만난 소나무 길도 그런 의미로 다가오더군요. 바다에서 불어오는 바람을 맞으며 그곳에서만 자란다는 토종 붉은 소나무는 이름도 안면송으로 붙여졌다고요. 그 나무들 역시 기억을 불러 왔어요.

거기서 멀지 않은 꽃지 해수욕장에서 보냈던 여름날, 저녁 들어 내리기 시작한 비 때문에 텐트를 칠 수 없어 민박집으로 들어갔어요. 개구쟁이 꼬마의 성화에 못 이겨 방안에 텐트를 치고는 땀 뻘뻘 흘리며 잤던 시간은 파도에 실려 먼 바다로 나간 지 이미 오래겠지요.

할아비가 되어보지도 못한 채 그때의 아비는 가고 할미가 될지 아직 알 수 없는 어미만 남았어도 그곳 할미 바위와 할아비 바위는 바닷가 노을 속에서 여전할 테니, 내가 아닌 누군가의 기억 또한 이어서 생겨날 건 분명한 일이고요.

돌아보니, 얼마 전에도 오랜 기억 속으로 나를 데려간 나무가 있더군요. 그리 크지 않은 키로 무성한 잎에 가려져 잘 눈에 들어오지도 않는 잔 꽃들에서 하얀 향기를 날리는 쥐똥나무. 꽃이 진 뒤에 달리는 열매가 쥐똥을 닮아 그런 이름이 붙었다는 걸 가르쳐 준 목소리를 예상치 않은 곳에서 만났거든요.

사실 묵은 기억은 여주에 있는 영릉에서 시작이 된 거였지요. 중학교 때 세종대왕 백일장에 참가해 입상을 했었으니까요. 지금 들춰 봐도 잘 썼구나 할 만한 시를 단박에 써냈던 여학생이 능으로 향하는 풀밭을 걸어와 손을 내밀 것만 같았어요.

영릉을 내려와 숲 사이로 난 길을 걸어 또 하나의 영릉에 예를 표하고, 여강을 내려다보며 자리해 있는 신륵사에 들자 그런 느낌이 더욱 강했어요. 들어가는 입구에서 길 한쪽으로 울타리라도 이룬 듯 줄지어선 쥐똥나무들을 보자, 꽃을 글에 담을 때마다 정확하게 일러주던 이젠 결코 도움을 받을 수 없는 사람이 저절로 떠올랐지요.

더구나 그 절 안에는 기쁨으로 빛나는 얼굴을 하고 찾았던 다층 전탑 앞의 나만 있는 게 아니었어요. 결혼을 한 뒤부터 어머니로 모셔야 했던 분이 떠난 후 사십구재를 올렸던 전각과 마지막으로 마련한 흰 한복을 태워드린 곳이 그대로 남아 있었어요.

열네 살의 나와 그 의식을 지냈던 마흔한 살의 나를 떠올리며 예순을 살고 한 살을 더 먹기 시작한 내가 그 곳을 거닐었으니, 한 사람 안에 세 개의 기억이 만들어진 것이겠지요. 사는 곳에서 길을 걷다가도 쥐똥나무 꽃향기가 맡아지면, 그 기억들이 떠오를 테고요.

안면송이라는 자기만의 이름을 달아 더 특별하게 다가온 소나무 길을 걸어 나오다가 불현듯 스친 생각이 있어요. 저 나무들처럼 내 기억의 나무들도 '정원목'이라는 이름을 달고 한데 모여 있지는 않을까. 살아온 시간이 긴 만큼 기억도 많을 테고, 그 기억이 심어져 자라난 시간도 만만치 않을 테니 이제쯤은 숲을 이루고도 남지 않을까.

떠난 이들은, 그 중에서도 삶의 경계를 아주 넘어가 버린 이들은 남은 이들의 기억 속에서만 산다지요. 보낸 이가 여럿이라는 건 그들을 살게 할 기억의 나무가 여러 그루라는 뜻이 되기도 할 테니, 깊은 잠 속에서라도 그 울창한 숲에 한번 들어가 보아야겠네요. 기억을 불러내 그 값을 다한 쥐똥나무 꽃이 길을 알려줄지도 모르니까요.

다시 아홉

그날 모임의 제목을 '유쾌한, 어느 여름날 오후'로 달았던 건 참 잘한 일이었다는 생각이 지금도 드는군요. 실은 나의 열한 번째 수필집 '은전 세 닢'의 출판 기념회였지만요.

불암산 자락 배밭 수도원 안에 자리한 '자캐오의 집'은 일층은 소시지를 만들고 이층은 식당, 삼층은 미사를 올릴 수 있도록 된 강당이었어요. 실내화로 갈아 신고 나무 계단을 오르내리느라 좀 수선스러웠지만 화분이 도착하면서 그런 대로 축하 분위기가 났어요.

왜관 수도원에서 올라오신 신부님과 수사님, 책을 이

은전 세닢

글 이정원 그림 류지영 · 이동현

해조음

우리에게 주는 사랑의 몫

★ 물 한 모금과 바람 한 줄도

늘 바람결을 안쓰러워하는데

늘 바람결을 내리실 때

다 사랑이 그것을

감사할 하늘이 주는....

하늘로 돌아가다

나무하고, 돌 놓다가

그늘이 짙게 당해 한 때 찾아서

이리 말할 거라고

'처음엔 당신 없이 이래 살아 왔지만

이젠 할 거 다 한다' 사랑할 때의 떠나기도

사람을 위해서 떠나서 새 생애 보려고도

그래도 우리에게 주는 사랑의 몫이

미 다 읽고 오신 서울 분원 신부님과 직접 사진을 찍어 주겠다고 하신 수사님까지 함께 한 자리라 어렵지 않은 건 아니었어요. 하지만 사회를 본 수사님과 애초부터 웃음으로 이끌어 가기로 의논을 했지요.

연구수업을 위한 학습지도안 짜기 만큼이나 어려웠다면서 문단 나누기로 말을 시작했어요. 첫번째 문단은 요셉 수도원과의 인연, 두 번째 문단은 배꽃 필 때, 세 번째 문단은 이 잔치를 하는 이유 하면서 이어가자 연신 웃음소리가 나오더군요.

내가 쓴 글에 아들의 그림과 지인인 수사님의 글씨를 넣어 책을 만들기로 한 건 지난 해 십이 월이었어요. 둘이서 반반씩 나누어 작업을 하는 동안 나는 원고를 다듬었고요. 삼월 말에 끝난 편집이 출판사로 넘어가 인쇄가 된 건 오월 초였어요.

학교 나갈 때 문예반 학생들을 데리고 봉사활동을 하러 온 적이 있는 수도원 배 밭에서 하얀 꽃이 필 때, 지금껏 한 번도 한 적이 없는 아마도 끝이 될 출판 기념회를 하고 싶었으니까요. 한데 친정아버지께서 사월 중순경에 돌아가셨어요.

출판사가 대구에 있어서 문상 온 수사님이 장례식장으로 최종 교정지를 가져 왔고, 밤새워 교정 본 후 다음날 가지고 내려갈 정도로 힘든 과정도 있었어요. 대전 현충원에 안장되신 아버지 사십구재를 지내고 나서 하자 한 게 여름까지 온 거지요.

책 나왔으면 됐지 뭐 하러 기념회를 하며 힘을 소진할까 했던 내가 이리 한 데는 가슴 아픈 이유가 있지요. 그건 칠 년 전 회갑을 앞두고 떠난 남편에 대한 안타까움, 그래서 조촐하지만 그를 기리는 잔치를 열고 싶은 마음이 자리해 있기 때문이었어요.

그것도 웃음의 말로 이었어요. 지금쯤 하늘 정원에서 나무 심고 돌 놓다가 그늘에 앉아 담배 한 대 피우며 이리 말할 거라고요. '처음엔 당신 없이 어찌 살아 하더니, 이젠 할 거 다한다.' 내 대답은 '당신 간 뒤 소복 대신 회색 머리로 살고 있으면 된 거잖아' 예요.

거기에 덧붙인 말도 있었어요. 베네딕도 수도회의 봉헌회 회원이 되어 천오백 년 전 서양 할배인 베네딕도 성인을 연모하게 되었으니 샘내지 말라고요. 나중에 누군가 이야기 하더군요. 그 눈물 나오는 말을 어찌 그리

담담하게 토로할 수 있느냐고요.

내가 말을 마친 뒤 아들도 웃음을 자아내는 말을 했어요. 어머니를 두고 왜관으로 내려간 게 마음에 걸렸는데, 이렇게 많은 분이 와주신 걸 보니 이제는 자기 앞날을 걱정해야겠다고요. 이어서 '시월의 어느 멋진 날'이라는 곡을 트럼펫으로 시원스럽게 연주했어요.

쾌활하기 그지없는 수사님이 – 책에 글씨를 써주고 사회도 본 – 흰 수도복 자락을 흔들며 부른 '수도복에 바친 이 내 청춘'이라는 노래는 모두를 웃음바다에 빠지게 만들었지요. '은전 세 닢 많이 사주세요. 재판 찍게 해주세요' 하기까지 했거든요.

나는 '가시리 가시리 잇고'에 이어 '청산에 살어리랏다'라는 고려가요에 곡을 붙인 노래를 부르며, 아픔을 안고는 있지만 수도원의 그늘에 들어 밝게 살아가고 있음을 표명했고요. 그리고는 다 같이 일어나 그곳에 어울리는 '과수원길'을 불렀어요.

우려했던 출장 뷔페도 제 시간에 맞춰 와 준 덕에 아래층 식당에서 이어진 식사는 왜관 수도원에서 가져온 포도주와 선물로 준비한 수사님의 목판 글씨와 아들의 성물방 거울과 더불어 풍성한 나눔 자리가 되었어요.

뒷정리를 하고 저녁 기도 시간까지 참석하고 돌아오니, 그때서야 책 내면서 힘쓴 몇 달과 기념회 준비하면서 걱정한 몇 주의 피곤이 몰려왔어요. 한데도 새벽이 올 때까지 잠이 오지 않았던 건 꼭 내가 그린 만큼의 잔치를 허락한 분에 대한 감사 때문이었을까요.

거기다 오래 전부터 써보고 싶었던 화관, 연둣빛 자잘한 국화와 초록 이파리로 꾸며진 꽃의 관을 머리에 쓸 수 있었던 그 환희가 눈앞에서 계속 날아다니고 있었거든요. 방을 채운 꽃다발과 꽃바구니의 향기와 함께 말이에요.

그때 깨달았지요. 긴 시간 소망해온 화관의 값은 오늘까지 이어온 내 삶의 마침표 같은 거였다는 사실을요. 정말 마지막 잔치 때 써야 할 꽃의 관을 위해선 '유쾌한, 어느 여름날 오후'의 기억은 지우고 또 다른 길을 찾아 떠나야 한다는 받아들이기 싫은 사실도요.

다시 열

강의실에서 뵙는 관계가 아니니, 이제는 교수님이 아니라 선생님이라 해야 맞겠지요. 지난 해 십이월이었어요. 새 수첩에 일 년 동안 기억해야 할 날짜들을 표시하다가, 나도 이제 흰머리인데 좀 가벼워지고 싶다는 생각이 들었어요.

부모님 기일에야 당연한 거지만, 은인들의 기일에 연미사를 - 성당에서 돌아간 이를 위해 올리는 미사 - 기억하는 일이 버겁게 여겨진 탓이었지요. 그분들 가신 지 삼 년도 지났고, 자제들이 잘 모실 테니 나는 그만 놓아도 되지 않을까 싶어서요.

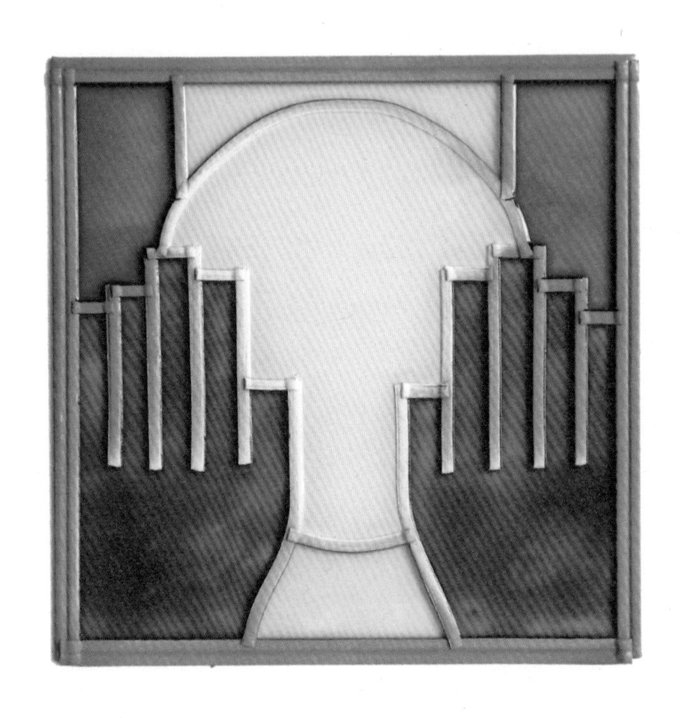

'잘했어' 하시는 선생님 한마디에 비로소 나올 웃음,

그게 제가 여태껏 구해온

빨간 백일홍의 꽃값일 텐데 말이에요.

한데 놀랍게도 홀가분해진 마음으로 잠자리에 든 그날 꿈에, 선생님이 오신 거예요. 생전에 뵙던 눈에 익숙한 모습 그대로요. 짙은 회색 바바리코트에 아드님이 사 준 거라고 늘 자랑을 하시던 자주색 플랫캡을 쓰시고서 말이에요.

항상 그러셨듯이, 입가엔 웃음을 띤 듯해도 검은 테 안경 속 눈빛은 날카로워서 저절로 움찔하게 만들던 표정도 같았고요. 그냥 바라만 보시는데도 '작품은 안 가져와' 하시는 목소리가 날아오는 듯해서 어깨가 움츠러드는 거였어요.

미처 잠이 깨기도 전에 '제가 살아 있는 동안에는 계속 연미사 올릴 게요' 하는 말을 하다 보니 얕은 생각을 했던 게 어찌나 죄송해지는지요. 아드님과 따님, 힘 있는 제자들의 추모 속에서도 저처럼 모자란 제자의 추모가 미쁘셨나 봐요.

돌아보면 경희대 국문과에 문예 장학생으로 입학해 뵈었던 첫 강의실에서부터 졸업하던 해 등단해서 지금까지, 수필가로서의 저를 만들어 주신 건 오로지 선생님 한 분뿐이신데. 그래서 또 다른 의미의 부모님이라

해도 넘치는 말이 아닌데.

육년 전 돌아가신 해에 쓴 글 속으로 들어가 보니 송구한 마음이 더 커지는 거였어요. 남편을 잃었던 터라 아들과 함께 장지까지 갔었지요. 남편 대신 동행해 준 아들에게 선생님께 입은 은혜를 들려주자, 어머니는 행복한 분이라고 했었거든요.

오늘도 전화 받으며 '예, 교수님' 하고, 예전처럼 벌떡 일어났더라면 좋았을 것을. 직접 보실 수 없는 데서도 교수님 목소리만 들으면 저도 모르게 자리를 박차며 일어나곤 한 세월이 벌써 삼십오 년 가까워 오는 것을.

'수필의 날'을 하루 앞두고 온종일 퍼붓는 비에 갇혀 집안에서 마냥 서성이며, 뭔가가 가슴에서 떨어져 나가고 있는 듯한 느낌에 불안해하던 저녁. 기어이 교수님 떠나셨다는 소식을 전해 듣고야 말았어요.

행사장에서 뵈면 얼른 인사만 드리고는 달아나는 제게 말씀하신 적이 있지요. '왜 날 아직도 그렇게 무서워해'라고. 그러면서도 그 까닭이 빨간 색연필의 기억 때문이라는 걸 누구보다 잘 아셨기에, 입가엔 웃음을 띠고 계셨어요. 경희 문학상을 받던 날도 수상 소감을 말하는 자리에서 저는 줄곧 그 이야기만 했으니까요.

"처음 가져간 작품부터 빨간 색연필로 원고지를 죽죽 그어 버리며 열 번 이상 고쳐 쓰게 하셨어요. 눈물을 뚝뚝 흘리는데도 아랑곳하지 않으셨고요. 빨간 백일홍 꽃잎만 보면 힘주어 긋다가 부러져 나가던 그 색연필 토막이 연상되어 아직도 가슴이 서늘해지곤 해요. 오죽하면 등단을 했을 때도 그 색연필의 두려움에서 벗어났다는 기쁨이 더 컸을까요."

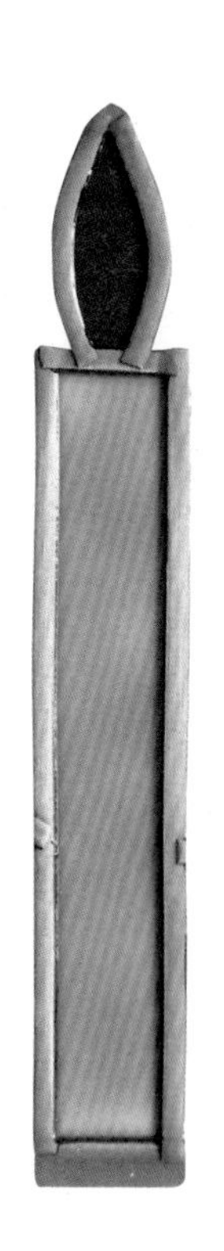

뵙기만 하면 그렇게 달아나면서도, 제 눈은 교수님의 뒷모습을 놓치지 않고 좇고 있었다는 걸 지금은 아시겠지요. 감히 곁에 머물지는 못해도 수필 문단의 어른으로 윗자리에 앉아 계시는 걸 뵙는 것만으로도 가슴이 뿌듯했거든요.

스승을 잃는다는 게 정신적인 부모의 그늘을 잃는 것과 같다는 걸 인식할수록, 나는 누군가에게 빨간 색연필의 기억으로 남을 만한 지도를 한 적이 있나 하고 돌아보게 되는 건 왜일까요. 그건 아마도 운동화 차림의 여학생에게 온 힘을 다해 수필의 의미를 심어 주려고 하셨던 교수님에게서, 보상을 바라지 않는 제자 사랑의 깊이를 헤아리기 때문이겠지요.

그러나, 어찌하나요. 가르침 주신 것의 반만큼도 빛나는 수필가가 되지 못한 채 교수님의 큰 그늘을 잃고 홀로서기의 길로 접어들고 말았으니. 자기 작품의 잘못된 부분을 스스로 알게 되면 그때는 작가라고 해도 된다던 말씀의 때는 아직도 멀었는데 말이에요.

올 여름엔 배나무가 늘어선 수도원에서 열한 번째 수필집 출간을 축하하는 자리를 마련했어요. 먼저 간 남편을 기리는 자리이기도 했고, 저로서는 처음 가져보는 출판 기념회이기도 했지요. 그 자리에 문인을 한 명도 부르지 않았던 건, 정작 듣고 싶은 선생님 목소리가 없어서였다면 기꺼워해 주실는지요.

꽃을 주제로 한 수필 써오다가 이제는 꽃의 어떤 것도 아닌 그 값을 찾아내는 데 이르러, 소제목 없이 '꽃값 하나, 둘'로만 이어간 이번 책에 대한 칭찬을 듣고 싶은데 그럴 수가 없어 안타까웠어요. '잘했어' 하시는 선생님 한마디에 비로소 나올 웃음, 그게 제가 여태껏 구해온 빨간 백일홍의 꽃값일 텐데 말이에요.

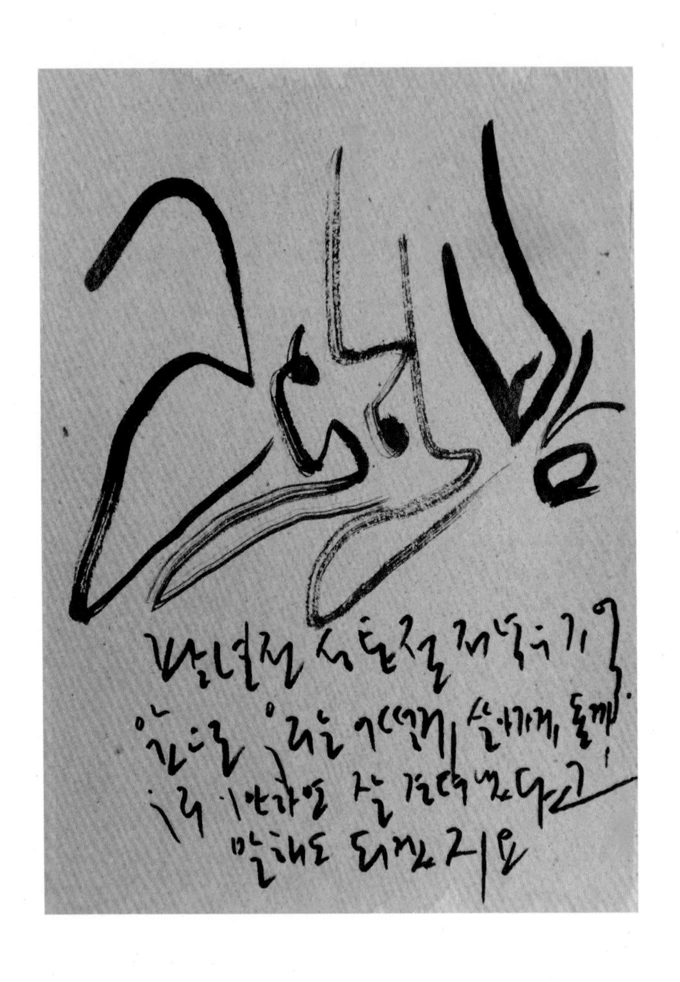

마디진 줄기에 달려 풀숲에서 고개를 내민

그 꽃이 부르는, 빛깔만큼이나 또렷한 노래.

다시 열하나

장충동에 있는 피정의 집에 들기 전부터 내 머리 속을 오간 건 팔 년 전 겨울의 기억이었어요. 정확히 말하면 성탄절 저녁, 슬프다기보다 그저 비어 있는 멍한 눈빛이라는 표현이 맞을 어머니와 아들의 얼굴이 그 문턱에 걸려 있었으니까요.

입원 한 달 만에 남편이 암으로 떠난 건 십일월 초. 한 해가 마무리되는 시점에서 가장 없이 남겨진 우리가 마음 둘 곳이 어디 있었겠어요. 그것도 종교와 상관없이 축제가 된 크리스마스 전날 저녁에 말이에요. 베네딕도 수도원의 지인 수사님을 통해, 분원 피정집에서 그날 저녁에 시작해 다음날 점심까지 이어지는 일정에 신청을 한 건 그래서였어요.

다른 참가자들에게야 예수님 탄생의 기쁨을 나눌 수 있는 시간이겠지만, 아들과 내겐 장례를 치르고 나서도 도무지 받아들여지지 않는 우리의 상황에 멍한 표정일 수밖에요. 그래서 자정미사 때 부를 그레고리오 성가 연습시간에도 숙소의 침대에 누워만 있었지요.

'아버지 없이 두 달째 살고 있네요.'

'그러게. 앞으로 우리는 어떻게 살아가게 될까.'

터져 나오는 울음보다 더 슬픈 빛깔이었을 그 대화가 이제는 책갈피에 끼워져 곱게 마른 나뭇잎처럼 담담한 느낌으로 남았으니, 그 뒤의 삶이 무너지지는 않았단 뜻이겠지요.

'우리 이만하면, 잘 견뎌냈다고 말해도 되겠지요.'

'그래. 너는 왜관 수도원 성물방에서 일하며 공부 다시 시작했으니 됐고, 나는 그 후에 옮겨온 수리산 자락에서 글 쓰며 지내고 있으니 됐고. 앞으론 이만큼 되기까지 위에서 지켜 준 분께 돌려드릴 것을 찾아야겠지.'

스스로 이만하면 괜찮다고 말할 수 있을 정도면, 이

젠 멍하다는 표현 대신 또렷한 눈빛이라는 표현을 써도 무방하지 않을까요. 무엇이 가장 중요한지를 분명히 인식하고 걸어가는 사람만이 지닐 수 있는 그런 눈빛 말이에요.

피정집에 들어설 때까지만 해도 지난 기억에 빠져 느릿한 걸음이었는데, 웬 걸요. 접수를 하고 숙소 배정을 받고 난 뒤부턴 그럴 겨를이라고는 없었어요. 우선은 맨 꼭대기 층 방이라 얼마나 더운지 숨이 막힐 지경이었지요. 폭염이라는 말을 한 달 이상 달고 있는 날씨라 선풍기에서는 뜨거운 바람만 나왔고요.

그런 속에서도 징소리로 알리는 기도 시간이며 회의 시간은 어김없이 진행이 되는 거였어요. 참, 그 사이에 내가 성베네딕도회 왜관 수도원의 봉헌회 회원이 되었다는 말부터 해야겠군요. 작년부터는 우리 기의 봉사자 소임을 맡아 매년 열리는 전체 봉사자 회의에 참석한 길이라는 것도요.

여태껏 어느 모임의 대표가 되는 일은 지극히 꺼려왔는데, 봉헌회에서 만큼은 그게 뜻대로 되지 않았어요. 누구나 한 번씩은 돌아가며 해야 한다는 말을 들으면서도 어떻게든 빠지다 보면 넘어 가겠지 했는데 도리가 없는 일이었어요.

맡고 나니, 매달 있는 모임에서 우리 기에 주어지는 일을 주관해야 하고 석 달마다 있는 봉사자 회의에 참석해야 하는 등 역시 묶이는 게 많은 건 사실이더군요. 하지만 그러면서 달라진 게 있다면, 점점 또렷해진 마음 자세였어요. 봉헌회에 들어와 처음 이 년 동안은 맨 뒤에서 참여해도 그만, 참여하지 않아도 그만이라는 식이었으니까요.

남편이 만들어 주던 울타리 대신 봉헌회를 선택해 신앙의 울타리로 삼으면, 내 삶에 드리운 허전함의 안개를 조금이나마 거둘 수 있지 않을까 하는 그야말로 흐릿한 생각이 다였다고 해도 지나친 말이 아니었지요.

그러다 봉사자가 되어 의무를 다하기 위해 애쓰다 보니 봉헌회가 조금씩 의미를 지니게 됐고, 그 속에서 애정도 생겨났어요. 지난해에는 왜관에서 총 봉사자회의가 있어 내려갔고, 올해는 서울에서 열린 회의 참가를 끝으로 봉사자의 임기도 몇 달을 안 남기고 있어 충실하게 참여하자 작정한 터였어요.

분임 토의에서 우리 조의 기록을 맡아, 그 더운 방에서 거의 못 자고 일어나 정리한 것을 다음날 발표하며 기꺼운 마음이었던 것도 그래서였고요. 아니, 나를 그렇게 만든 건 새벽이 오는 피정집 뜰에서 만난 닭의 장풀 그 한 포기 풀꽃이었는지도 모르겠네요.

달개비라고도 부르는 그 꽃의 파랑 꽃잎은 어느 꽃도 따라오기 힘든 선명함을 지니고 있었거든요. 마디진 줄기에 달려 풀숲에서 고개를 내민 그 꽃이 부르는, 빛깔만큼이나 또렷한 노래. 이른 아침에 피었다가 낮이면 꽃잎을 접는다는 그 반나절 꽃을 만났을 때 떠오른 건, 회의에 들어오기 전에 읽어 기억할 수 있었던 시편 한 구절이었어요.

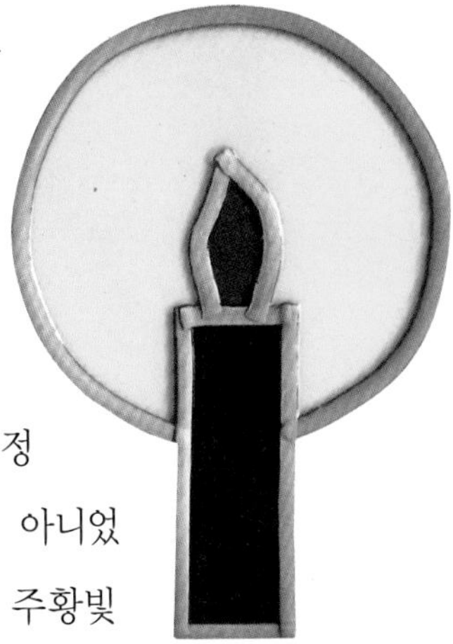

'내 영혼 당신을 노래하여 잠잠치 말라 하심이니.'

그것이야말로 남은 시간 내가 무엇을 해야 하는지를 정확하게 짚어 주는 또렷함이 아니었을까요. 자주빛 맨드라미와 주황빛

능소화와 하얀 옥잠화가 핀 한여름 뜰에서 손톱만한 파랑의 꽃잎으로도 선명함에서 결코 뒤지지 않던 그 꽃이, 스스로 작은 찻잔에 견주는 내 미미한 글 솜씨로도 해야 할 일이 있음을 알려준 셈이니. 그 꽃의 값이 곧 내 삶의 값으로 바뀌어 다가온 것이라 여겨야겠군요.

다시 열둘

어느 일의 마침표를 찍을 때, 거기에 이른 과정이 어떠했는지에 따라 가슴에 안겨오는 뿌듯함이 다르다는 걸 다시금 실감한 성삼일이었어요. 처음으로 성목요일과 성금요일과 부활 성야 전례에 참석하고 부활절을 맞았던 건 영세를 받은 직후였어요.

목요일 주의 만찬 미사 중에 신부님이 신자들의 발을 씻겨주는 장면도 금요일에 예수님의 수난 복음을 듣고 십자가에 경배하는 장면도 새로웠지요. 토요일 부활 성야 때 불이 꺼진 성당 안으로 부활초의 빛이 들어오면서 서서히 밝아지는 장면이 특히 인상적이었어요.

수도원 사람들이 부활꽃이라고도 한다는

노란 한송이가 마침표의 기쁨으로 다가온 건,

내가 원했던 대로 이번 성삼일 전례의 기억으로

지난 성삼일 전례의 기억을 덮었다는 의미였을 거예요.

그 후로는 성삼일 전례에 다 참석하지는 못하고 부활 전야 만큼은 빠뜨리지 않고 가며 지낸 게 이십여 년이었어요. 누가 왜 굳이 천주교 신자가 되었느냐고 물으면 그건 전례에 반해서라는 대답을 변함없이 하면서 말이에요.

두 번째로 성삼일 전례에 꼬박 참석을 하게 된 건 아들이 군악대로 복무한 부대 성당에서였어요. 집에서 멀지 않은 곳이라 한 달에 한 번 면회를 가서 미사를 보곤 했는데, 작정하고 사흘을 내리 간 거였지요. 어린 시절 아버지가 군인이었던 탓에 부대에 대한 그리움도 한 몫 거들었고요.

예수님의 열두 제자를 뜻하는 병사들의 발을 씻겨 주는 군종 신부의 모습도, 십자가를 들고 서 있는 군종병 복사의 모습도, 부활초를 들고 노래하는 병사들의 모습도 부대 안에 있는 성당의 전례에서만 접할 수 있는 장면이라 색다른 감동으로 다가왔어요.

한데 그 기쁨의 대가를 지불하기라도 하듯, 이듬해 십일월에 남편이 갑작스런 병으로 떠나고 말더군요. 수리산 밑으로 옮겨와서는 부활 미사에 가는 게 다였어요. 딱 한번 아들이 성야 미사에 트럼펫을 불게 되어 간 적이 있지만, 빛이 가슴으로 옮겨오지는 못했고요.

그러다 혼자 왜관으로 내려가 이 년 남짓 수도원 일을 도우며 지내던 아들이 자기가 원하는 공부를 다시 시작하게 된 올 삼월. 이제는 방황의 어둠을 걷어낸 듯 밝아진 얼굴을 보며, 수도원의 성삼일 전례에 참여하고 싶다는 마음이 생겨났어요.

아들을 만나기 위해 남녘행 기차를 탈 때마다 도대체 왜 이래야만 하는 거냐고 눈물을 뿌린 시간들이 쓰라림에서 담담함으로 그 빛깔을 바꾸었기 때문일까요. 거기다 부대 성당에서 성삼일 전례를 집전했던 신부마저 지난해 말 교통사고로 떠났다는 소식을 들은 뒤라서, 새 기억을 만들고 싶기도 했거든요.

성목요일 주의 만찬 미사 때는 대수도원장인 아빠스님이 수사님들과 신자들의 발을 씻기고 입을 맞추는 걸 이층에서 내려다 봤어요. 문득 생각이 스치더군요. 저 장면을 보는 것만으로도 가슴이 찡한데, 만일 예수님이 내 발을 씻겨 주신다면 심장이 핏방울 같은 눈물을 흘릴지 모르겠구나 하고요. 역시 전례는 감동을 이

끌어 내고, 그것이 믿음으로 바뀌어서 보이지 않는 하느님을 향하게 하는 힘이라는 생각도 함께요.

성금요일에는 장궤틀에 무릎을 꿇은 긴 묵상으로 시작이 됐어요. 아빠스님의 붉은색 제의와는 대조적으로 음악도 없고 꽃도 없고 촛불도 없이, 성당 뒤켠에 있던 성모자 상도 치워져 있었어요. 예수님이 돌아가심을 기억하는 날이었으니까요.

예수님의 수난 복음이 낮은 가락으로 길게 봉독되는 동안, 예수님이 가신 뒤 그분을 따르던 이들의 가슴에 내린 상실감이 얼마나 깊었을까 싶었어요. 어둠보다 깊은 절망감 속에서 그들은 어떻게 다시 일어날 힘을 찾아냈을까 싶기도 했고요.

두 수사님이 들고 있는 십자가를 경배하기 위해 아래층으로 내려가 무릎을 꿇었을 때 가슴이 저려온 건 그래서였겠지요. 그들이 목숨으로 얻어낸 것을 나는 찻잔 속의 풍파나 겪으며 누리고 있구나 하는 죄책감과 감사함이 뒤섞여 있었으니 말이에요.

토요일 성야 미사는 듣던 대로 길었어요. 밤 열 시에 시작해 새벽 한 시가 넘어서야 끝났으니까요. 다들 빛의 행렬을 위해 밖으로 나갔을 때도 나는 이층에 남아 있었어요. 아무 것도 분간할 수 없는 캄캄함 속에서 빛이 생겨나는 장면을 보고 싶었거든요.

한참을 기다려 촛불을 든 수사님들이 두 줄로 들어오면서 하나 둘씩 빛이 생겨나는데 얼마나 가슴이 벅차 오든지요. 그래, 처음 빛이 생겨날 때 이러 했겠구나. 그건 얼마나 두 눈이 커지게 하는, 아니 한순간에 가슴을 밝히는 환희였을까.

빛의 예식과 말씀의 전례 – 구약 일곱 개와 신약의 서간과 복음 봉독 – 뒤에 세례 때의 다짐을 되살리는 갱신 예식과 성찬 전례까지 다 끝났을 때 휴 하고 나온 안도의 숨이 바로 수도원 성삼일 전례의 마침표였어요. 재의 수요일에서 시작해 성지주일을 거쳐 부활의 빛에 이른 사순절의 마침표, 수월하지 않은 과정을 거쳐 안은 뿌듯함이었지요.

부활 낮 미사를 보고 내려오다가 만난 성베네딕도상 밑의 수선화. 수도원 사람들이 부활꽃이라고도 한다는 노란 한송이가 마침표의 기쁨으로 다가온 건, 내가 원했던 대로 이번 성삼일 전례의 기억으로 지난 성삼일 전례의 기억을 덮었다는 의미였을 거예요. 그게 새로 부여한 그 꽃의 값인 건 물론이었고요.

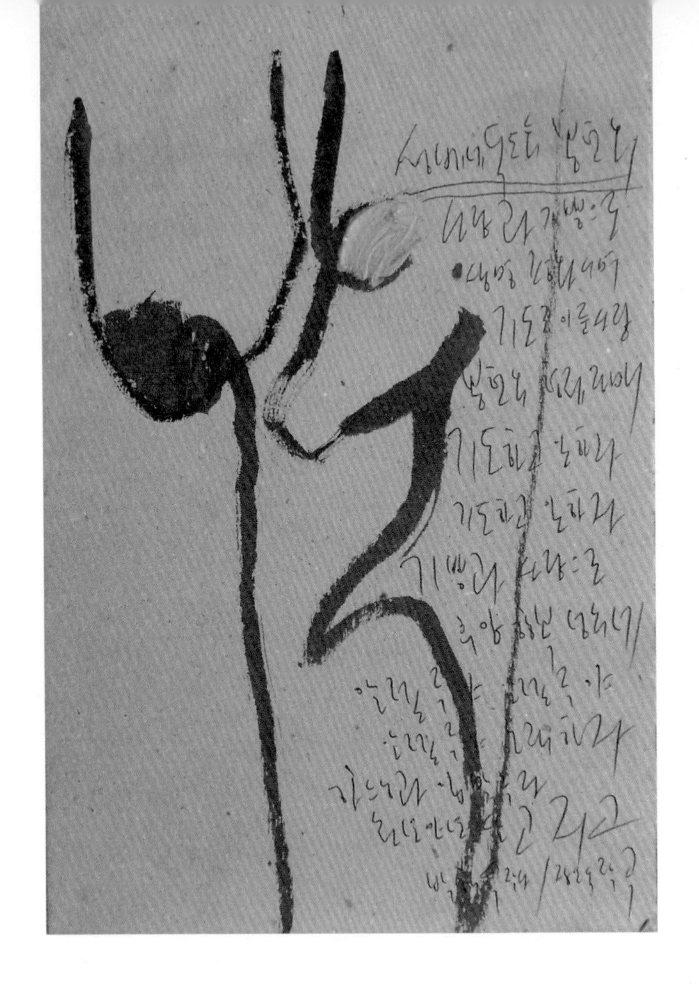

하느님의 정원에 핀 늦가을 장미,

여름 장미와는 또 다른 깊이를 지닌 그 꽃들의 값은

바로 우리와 같은 의미가 아니었을까요.

다시 열셋

처음 성베네딕도회 왜관 수도원의 봉헌회 회원이 되었을 땐 봉사자라는 호칭이 낯설었어요. 그 해에 입회한 사람들의 대표를 칭하는 말이었거든요. 이 년 동안 아낌없이 봉사를 해야 하는 사람이라는 뜻으로 그리 부른다고 했지요. 그래서 돌아가면서 누구나 한 번씩은 다 봉사자와 총무를 해야 한다는 것이었고요.

그 말을 들으면서도 나와는 거리가 먼 것으로만 여겼지요. 한데, 지난 해 십일월 수련식을 마치고 올라오며 소임을 맡은 봉사자가 겨울 동안 일이 생겼어요. 얼음판에서 넘어지며 어깨를 다치는 바람에 도저히 수행을 할 수가 없게 된 거였지요. 기 회원들끼리 의논을 한 끝에 그 소임이 내게로 올 줄 생각이나 했겠어요.

석 달에 한 번씩 반드시 참석을 해야 하는 모든 기수의 봉사자 회의는 애착을 가지고 오랫동안 나가고 있는 문임 모임과 시간이 겹쳐서 애를 먹게 했고, 맡은 지 한 달 만에 다가온 성지 순례는 세 기수를 아울러 왜 하필이면 우리가 주관을 해야 했던 걸까요.

순례지를 정하는 일에서부터, 오가는 버스 안에서의 아침 김밥과 간식과 저녁 빵과 기도문과 순례지에 가서의 일정을 담은 책자까지 챙길 게 많기도 하더군요. 착오가 생기면 어쩌나 하는 걱정에, 내게는 성지 순례길이 전혀 아니었어요.

거기다 올 십일월 연례 피정 때는 인원이 열두 명 밖에 되지 않는 탓에 버스를 빌리기가 버거웠어요. 처음으로 왜관 수도원까지 기차를 타기로 했는데 그것도 수월한 일은 아니었지요. 총무가 단체로 예매한 표를 들고 모두가 올 때까지 조바심을 내야 했어요.

하지만, 여러 가지 우려 속에 기차로 다녀온 피정이 생각지 않았던 기쁨을 안겨줄 줄은 미처 몰랐어요. 한

회원이 그 이른 시간에 싸온 김밥에서부터 각자 챙겨 온 간식이 삶은 달걀에 귤에 쵸콜렛에 이르기까지 너무 풍성해 다들 웃음꽃이었으니까요.

낙엽의 향연은 왜관역에 내려 수도원의 바깥쪽 담을 따라 걸을 때부터 시작이 되었어요. 그곳에 머물고 있는 아들의 차에 짐가방을 실어 피정의 집으로 보내고, 바람이 불 때마다 떨어지는 노란 은행잎을 한 줌씩 주워 날리며 마냥 즐거워했지요.

방을 배정받고 점심을 먹은 후 봉헌복으로 갈아입고 시작된 피정의 일정도 계절과 꼭 맞았어요. 겸손의 단계에 대해 들려주신 신부님 강의도 의미 깊었고, 수사님이 보여준 기러기의 동영상도 가슴을 찡하게 했어요. 상처 입은 동료가 생기면 두 마리가 남아 끝까지 함께 하며 무리를 지킨다는 내용이었거든요.

그뿐이었나요. 새벽 기도에 가기 위해 나선 길에 만난 안개, 이런 시간이 아니면 안개에 싸인 신비로운 수도원의 풍경을 어찌 볼 수 있겠느냐고 소리 낮춘 감탄이 저절로 나왔지요. 검은 봉헌복을 입은 우리도 그 안개 속에서는 엄숙함이 깃든 모습이었을 거예요.

일정이 끝난 후에는 돌아가는 기차 시간이 남아 모처럼 수도원의 구석구석을 걸어 볼 수 있었어요. 버스로 왔을 때는 차가 밀리는 걸 염려해 그런 여유가 주어지지 않았거든요. 바로 그 시간에 수학여행을 온 여고생과 같은 모습으로 돌아갈 수 있었던 거예요. 노란 은행잎을 주워서 던지며 올린 환호성, 그 까르르 하는 웃음소리가 연신 이어졌으니까요.

전날 피정집 뒤뜰에서도 빨간 단풍나무 아래서 사진을 찍고, 가지를 흔들어 떨어진 모과 열매를 주워 들고 사진을 찍었지만 그때보다 몇 배는 더했어요. 선물방 뒤의 아름드리 느티나무는 얼마나 많은 낙엽을 바닥에 깔아 놓았는지, 우리 모두는 그 위에 누워 팔 다리를 흔들며 장난을 치게 만들었어요.

아마도 수도원에 그처럼 밝은 웃음소리가 퍼져 나간 게 처음은 아니었을까요. 더구나 우리처럼 이미 나이 들어 늦가을 나무와 같은 삶의 자세를 지닌 소녀들의 웃음소리는 말이에요.

정문에 들어서면 바로 보이는 '주님을 섬기는 학원'이라는 표지석과 성당 앞에 서 있는 성베네딕도 상도 우릴 보며 웃었을지 모르겠네요.

수도원의 뜰, 하느님의 정원에서가 아니면 우리가 결코 그런 모습일 수 없다는 것. 봉헌회 회원으로 한 곳을 바라보며 걷는 사람들이 아니라면 그런 일치는 가능한 일이 아니라는 걸 새삼 인식할 수 있어, 봉사자의 소임을 했다는 게 처음으로 뿌듯해졌지요.

돌아오는 기차에서는 나이를 잊고 웃었던 피곤함에 잠시 단잠에 떨어졌다 깨니, 하느님께서는 항상 오늘과 같이 예상치 않은 기쁨을 우리 삶의 여정에 은행잎과 단풍잎처럼 깔아 놓으신다는 깨달음이 안겨 오더군요. 견딜 수 있는 힘은 거기서 나오는 것이라는 것도요.

인상 깊었던 건 금속 공예실 앞 화단에 피어 있는 빨강과 주홍과 분홍과 노랑의 장미들, 제 계절에 핀 것만큼 싱싱하지는 않았지만 그래서 더욱 우리를 느끼게 하는 존재 같았지요. 하느님의 정원에 핀 늦가을 장미, 여름 장미와는 또 다른 깊이를 지닌 그 꽃들의 값은 바로 우리와 같은 의미가 아니었을까요.

강둑에 피어 있던 수레꽃의 자잘한 꽃송이가 그 빗줄기에
스러지면 어쩌나 걱정이 된 건, 걷는 순례길에서 얻은
평안함이 깨지지나 않을까 하는 우려 때문이었을까요.

다시 열넷

도착 지점인 성지보다 그곳으로 향하는 길에 마음이 끌려서 참여하게 된 순례였다고 말한다면, 그럴 수도 있겠다 싶으세요. 길의 초입에서부터 눈에 띈, 전혀 생각지 않았다가 만난 꽃무리가 그에 대한 답을 해 주어 더욱 기뻤다면 말이에요.

전철에서 내려 다시 마을버스를 타고 이른 새남터 성지는 귀로 들은 사연만으로도 발걸음이 조심스러워지는 곳이었지요. 성당 앞에는 순교자들이 처형당한 모래밭을 투명한 판 밑으로 보이게 해놓았더군요. 무릎 꿇고 기도드릴 수 있는 데도 마련해 놓았고요.

거기서 출발한 길이 바로 강을 따라 이어지라고는 예상하지 못했어요. 지도에서 찾아 보거나 지리를 헤아려 봤더라면, 한강 변으로 난 길이라는 걸 짐작했을 텐데요. 강바람을 맞으며 걷는 여정이라는 걸 알고 나니, 잘 왔구나 싶어 웃음이 번지는 거였어요.

그러다 강둑의 수풀 사이로 보여지는 꽃을 만났을 때는 환호가 저절로 나왔지요. 전부터 좋아해 온 수레국화, 눈에 띄기만 하면 반색하는 낯빛을 감추기 어려웠던 청보랏빛 꽃송이들이 거기 있었으니까요. 그 꽃에 담겨 있는 기억들이 먼저 다가왔어요.

처음은 삼십 년 전쯤에 산 '수레꽃'이라는 제목의 책이었어요. 헝가리의 신학자가 쓴 것이었는데 다양한 신앙 체험이 담겨 있었어요. 고향 들판에 피는 수레꽃을 무척 좋아하셨던, 오래 전에 돌아가신 어머님께 그 책을 바친다고 씌어 있었어요.

밀밭 사이의 좁은 길에 피어 있는 그 꽃의 작은 꽃송이는 얼핏 보면 바람개비 같지만, 진정한 의미는 그 빛깔에 있다는 거였지요. 파랑에 보라가 섞인 그 빛깔이야말로 순수함의 표상 같다고, 내륙에 자리해 있어 바다를 쉽게 볼 수 없는 헝가리 사람들에게 동경하는 바다의 빛깔을 연상하게 해주는 고마운 존재였다고요.

그러면서 고된 하루를 들에서 마치고 돌아가는 이들에게 잔잔한 미소를 안겨 주는 그 꽃의 소박한 아름다움이야말로, 넓게 펼쳐진 밀밭이 주는 아름다움과는 다른 의미를 지닌다고도 했어요. 바다를 푸르게 하고 하늘 또한 푸르게 만든 그분의, 잔바람에도 흔들리는 수레꽃의 꽃잎마저 푸르게 물들인 신비를 헤아려 보노라면 어머님의 마음이 느껴진다고 말이에요.

역시 헝가리 시인이 쓴 '수레꽃'이라는 시 안에도 자기가 구하는 일상의 평안이 오롯이 담겨 있다고 했어요. 한 송이 수레꽃처럼 그냥 조용하고 푸른 마음을 안은 채 가만히 앉아, 행복 가득한 눈빛으로 그분을 찬양하고 싶다는 내용이 와 닿는다고요.

책에서 읽고 어떤 모양새일까 했던 그 꽃을 꽃집에서 만난 건 몇 년 뒤였어요. 조각하는 사람과 조경하는 사람과 그림 그리는 신부님과의 저녁 식사 자리에 빈손으로 가기가 뭐해서 들렀거든요. 서먹한 분위기를 풀어 주는 데는 꽃만 한 게 없잖아요.

작은 과꽃처럼 보이는 꽃이 먼저 눈에 들어왔는데, 짙은 보랏빛과 엷은 보랏빛과 짙은 분홍빛과 엷은 분홍빛을 띤 꽃송이들이 처음 보는 거였어요. 자잘한 모양새가 귀여우면서도 맑은 느낌을 주기에 꽃다발로 만들어 달라고 하고서는 이름을 물어 보았더니, 원래는 수레국화인데 보통 수레꽃이라고 한다는 거였어요.

'아, 이 꽃이 바로 그 꽃이구나.' 그 꽃을 안고 간 저녁의 만남 역시, 자기를 표현하기 위해 자기만의 방식으로 애써 온 사람들끼리가 아니고서는 결코 주고받을 수 없는 이야기들이 오간 뿌듯한 시간이었어요. 수레꽃과 더불어 인상 깊게 남았으니까요.

그리고 이십 년이 지나, 그 중 한 사람이었던 이를 떠나보내고 나서 아들과 함께 찾았던 장미원. 갖가지 빛깔 장미가 만발한 정원을 지나 가장자리 풀밭으로 나갔는데, 거기에 바로 청보랏빛 수레꽃이 푸른 바람의 물결을 일으키며 피어 있는 게 아니겠어요. 마치 그 사람이 머물고 있는 하늘 풀숲의 – 남은 사람이 안아야 하는 슬픔마저도 잔잔한 손길로 잠재우는 풍경을 만나기라도 한 느낌이었어요.

기억들 속에서 그 꽃을 만나며 걷는 동안 하늘대는 길섶의 꽃들도 눈에 띄었다 안 띄었다를 반복하며 끝까지 함께 해 주었지요. 걸으며 그분을 만나고자 한 시간에 새삼 감사하다가 수레꽃의 꽃말이 행복이라는 걸 떠올렸어요. 지금은 순교의 바람이 밖으로 부는 때가 아니니, 수레꽃과 함께 한 시간이 안겨준 조용함에 의미를 두어도 좋으리라는 생각도 함께요.

한강 변에 우뚝 솟아 누에가 머리를 든 모양 같기도 하고 용이 머리를 든 형상 같기도 했다던 봉우리가 숱한 사람의 목이 잘린 봉우리로 바뀌어 불리게 된 절두산 성지. 두 시간 가까이 걸어 그곳에 도착하자 강바람에서 핏빛이 느껴진 건 그래서였겠지요.

돌아오는 길엔 예보됐던 비가 내렸어요. 강둑에 피어있던 수레꽃의 자잘한 꽃송이가 그 빗줄기에 스러지면 어쩌나 걱정이 된 건, 걷는 순례길에서 얻은 평안함이 깨지지나 않을까 하는 우려 때문이었을까요. 그 꽃의 값이 거기 있음을 비로소 알게 된 뒤였으니까요.

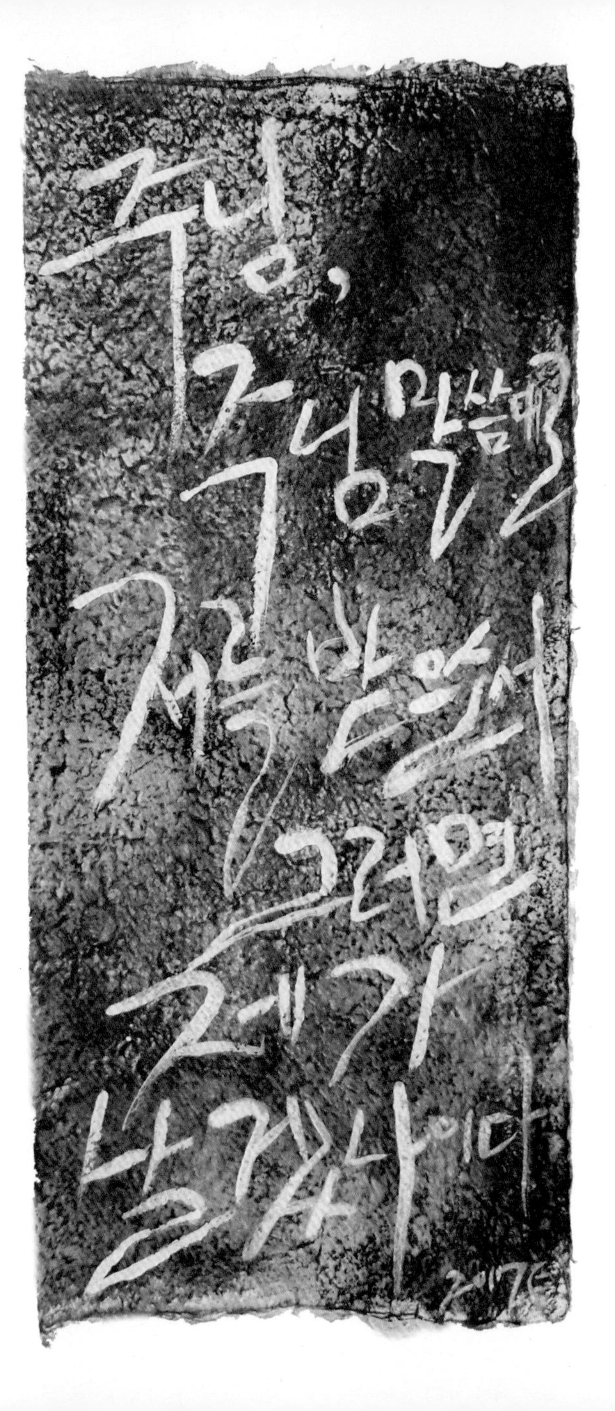
주님,
그러면
2017

다시 열다섯

살아 있는 사람에게 종신終身이라는 말처럼 길고 무겁게 다가오는 낱말도 드물겠지요. 종신서원終身誓願하면 죽을 때까지 그 수도회의 규칙에 따라 살겠노라고 약속하는 일이니, 그 또한 얼마나 길고 두려운 약속이 될는지요.

오늘 왜관에 있는 수도원에 간 건 그런 약속을 하는 두 남자를 보기 위해서였어요. 삼십 중반의 그들은 청원기와 수련기와 유기서원기의 과정을 거치고 완전히 베네딕도회의 일원이 되어 남은 날을 살기로 작정을 한 사람들이었으니까요.

한 시간 전쯤 도착해 바로 성당의 이층으로 올라가 맨 앞자리에 앉았어요. 그곳이라야 좀 멀기는 해도 미사와 더불어 두 시간 가까이 진행되는 의식을 온전히 볼 수 있을 거라 여겨져서요. 거기엔 아주 씁쓸한 기억도 있었거든요.

십오 년 전쯤이었나요. 새벽 기차를 타고 내려왔지만, 왜관역에서 기다린 사람이 천천히 가도 된다며 점심을 먹자는 바람에 시간을 낭비해 버렸어요. 임박해서야 성당으로 가니, 이미 자리가 다 차버려서 앉기는 커녕 서 있는 사람들 뒤에서 소리만 들을 수밖에요. 그 사람은 지정 좌석이 있어서 상관이 없었으니 얼마나 속이 상했는지요.

하지만 이번엔 달랐어요. 파이프 오르간 소리 속에 검은 수도복을 입은 수사님들이 두 줄로 서서 들어오고 그 뒤를 따라 흰 제의를 입은 신부님들이 들어오고, 맨 뒤에 수도원의 수장인 아빠스님이 관을 쓰고 지팡이를 들고 들어오는 광경을 한눈에 볼 수 있었어요.

미사 중에 두 수사의 종신서원식이 거행됐는데, 원장 신부님이 호명을 하자 '예, 여기 있습니다' 하고 큰 소리로 대답하며 나가는 뒷모습에 가슴이 뭉클해지는 거였어요. 마치 내 이름이 불려서 나가기라도 하는 것처럼 말이에요.

그리고는 '청빈과 정결과 순명에의 약속과 함께, 베네딕도 성인이 세운 정신을 받들며 그 규칙에 따라 살겠다'는 서원장을 낭독한 뒤, 제단으로 올라가 서명을 해서 제대 위에 올려놓았어요. 물론 그 서원장은 자기 결정에 대한 흔들림 없는 믿음으로 쓰여진 거겠지요.

제대에서 내려온 두 사람은 신자들이 앉아 있는, 정확히 말하면 각각의 부모님이 앉아서 지켜보는 맨 앞 장궤틀까지 나란히 걸어오더니 다시 제대 쪽으로 돌아섰어요. 양팔을 벌려 직각으로 구부려서는 손바닥을 앞으로 향하게 하고서, 큰 소리로 봉헌의 노래를 부르기 시작했어요.

'주님, 주님 말씀대로 저를 받으소서. 그러면 제가 살겠나이다'까지 부르고 나서는 무릎을 꿇고 팔을 내려 가슴에 두 손을 모으고서 '주님은 저의 희망을 어긋나게 하지 마소서' 하더니, 깊이 고개를 숙이며 '영광이 성부와 성자와 성령께, 처음과 같이 이제와 항상 영원히 아멘' 하고는 일어났어요.

그 뒤 몇 걸음 앞으로 나가 똑같은 동작을 한 번 반복하고, 또 몇 걸음 앞으로 나가 같은 동작을 한 번 더 반복하더니 수도복 위에 걸친 스카풀라레 – 소매는 없이 앞과 뒤 긴 자락으로 만들어진 옷 – 에 달린 두건을 머리에 썼어요. 그 다음 동작을 통해서 종신의 그 약속이 어떤 마음가짐 아래 이루어지는가를 여실히 알 수 있었어요.

바닥에 깔려 있는 카페트 위에 완전히 엎드려서 두 손을 포개 이마에 대고는 아빠스님의 장엄축복을 받았으니까요. '자신의 뜻을 버린 이 형제들'이라는 표현이 얼마나 아프게 와 닿는지 저절로 눈물이 났어요. 더는 낮아질 수 없는 자세로, 죽을 때까지라는 그 길고 두려운 약속을 하는 젊은 남자들의 모습이 귀하면서도 안쓰럽게 여겨져서요.

일어난 그들에게 아빠스님은 '이 옷을 받으십시오. 이 옷은 성소의 표지입니다'라고 하며 망토처럼 생긴 꾸꿀라라는 옷을 입혀 주고 시간 전례서를 한 권씩 주더군요. 일하다가도 정해진 시간에 맞추어 기도를 해야 한다는 의무의 표시로요.

그런 뒤 모든 수도 공동체 형제들이 번갈아 안아 주며 축복해 주는 걸 내려다보는데, 아니 맨 앞자리의 부모님과 얼싸안는 걸 보는데 또 눈물이 났어요. 아들이 한 그 약속이 대견하면서도 세상적인 면에서는 더없이 아까웠을 마음이 고스란히 전해진 때문이었을까요.

말이 아닌 빛깔로 그 의식을 표현해 준 존재는 사람들이 빠져나간 성당에서 비로소 만날 수 있었어요. 불은 다 꺼지고 스테인드 글래스를 통해 들어오는 빛만이 있는 어둠 속에서도 그 하얀 빛을 선명하게 드러내는, 제대 앞 꽃꽂이의 백합 송이들.

종신서원의 표징으로 쓰인 것만으로 자기의 값을 다 했다는 듯이 피어 있는 그 꽃들 안에서, 자신의 뜻을 버리고 하얗게 되어야만 할 수 있는 그 서원의 의미를 새삼 발견하며 돌아서려니 아쉬움이 밀려오더군요. 그럴 수 있을지는 모르겠으나, 종신서원의 뜻을 품어 본 적조차 없는 내 젊은 날을 향해서요.

열 송이 남짓한 하얀 장미를 흰 포장지에 싸서

흰 끈으로 묶은 그 꽃다발엔 수도원 식구 모두의

애도가 담겨 있다고 해도 모자람이 없어 보였으니까요.

다시 열여섯

어디서든 꽃에서 의미를 찾고자 하는 게 머릿속 습관처럼 되어 버린 내가 세 시간이 넘는 기찻길을 달려간 건 역시, 그 하얀 장미 꽃다발을 만나기 위해서였을까요. 노신부님의 장례미사가 있음을 알게 된 시간은 전날 새벽이었어요.

안면이 있는 분이 아니었는데도 참석해야겠다는 생각이 바로 들었지요. 수도원 미사 때면 제단의 왼쪽 옆에 웅크리고 앉아 계신 모습을 뵌 기억이 났으니까요. 멀리서도 몹시 연로하신 데다 몸이 편치 않으심을 알아챌 수 있었어요.

그렇게 계시다가도 사제로서 반드시 동참해야 하는 부분에서는 어렵사리 일어나 다른 신부님들과 똑같이 오른손을 펴들곤 하는 거였어요. 그런 모습이 못내 안쓰러우면서도 주어진 책무에 끝까지 온힘을 다하려는 의지로 다가와 눈물 핑 돌게 만들었고요.

오후 두 시로 예정된 미사 시간보다 훨씬 일찍 도착하니, 수도원 건물의 크고 무거운 문에는 흰 종이에 씌어진 '상중喪中'이라는 먹글씨가 붙어 있더군요. 그걸 보자, 수도원이 곧 집이고 수도원에 머무는 이들은 공동체 식구라고 칭한다는 말이 이해가 됐어요.

그 문을 밀고 들어서자 대성당으로 올라가는 계단 옆으로 돌아간 분의 영상이 비춰지는 화면이 설치되어 있었어요. 생전에 모아둔 모습들이 생생하게 담겨 있어 그분을 처음으로 가까이서 뵙는 느낌이 들더군요.

문상을 받는 동안에는 유리로 된 관을 소성당에 안치한다고 들었기에 그리로 먼저 가니 예상과는 달리 비어 있었어요. 제대를 마주한 뒤쪽 벽면에 죽 걸린, 이미 돌아간 분들의 사진 앞에서 잠깐 머리를 숙이고는 빠른 걸음으로 대성당 이층으로 올라갔어요.

그곳 맨 앞자리에서 장례미사에 참여하고 싶다는, 아니 그 미사를 처음부터 끝까지 지켜보고 싶다는 게 그렇게 달려간 진짜 이유였을 테니까요. 한데 아직 불이 켜지지 않아서 조금은 어두운 그곳에서 내려다보이는 광경에 그만 입이 열리고 말았어요.

제단과 수사님들 자리와 신자들 자리 어디에도 인기척 없이 텅 빈 성당에 돌아간 신부님만이 자리해 있었거든요. 가운데 깔린 낡아 보이는 자주색 카펫 위에 놓인 나무 관의 모습으로요. 십자가가 새겨진 관 위에는 돌아간 사람의 성씨를 쓴 명정銘旌도 덮여 있지 않았어요. 그 앞에 수도복을 입은 사진이 담긴 나무 액자가 놓인 게 전부였지요.

수도원에 들어와 끝까지 머물겠다는 종신서원을 할 때는 그 카펫 위에 엎드린 자세였다가 죽어 관 속에서는 바로 누워 하늘을 바라보며 떠난다고 하더니, 그 엄숙한 장면을 내가 지금 만나고 있는 거구나 싶어 가슴 한복판이 찌르르 해 왔어요.

서울 혜화동에 있던 베네딕도 수도원이 함경도 덕원으로 옮겨가 자리 잡았을 무렵 입회해서 독일 오틸리엔 수도원에서 사제 서품을 받고, 전쟁으로 인해 다시 왜관에 터를 잡은 수도원에서의 구십오 세 – 북한에서 순교한 형제들에게 늘 미안해 하셨다는 – 기나긴 삶.

아직은 몸을 떠나지 않은 영혼으로 수도원에서의 날들을 돌아보며 성전에서 홀로 하느님과 만나고 계시는 건지도 모른다는 생각에, 그 마지막 토로의 시간에 내가 끼어든 건 아닐까 하는 우려에 숨소리조차 크게 낼 수가 없었어요.

제일 낮은 곳에 자리한 신부님의 관을 바라보며 지내는 장례미사 내내 그런 느낌이 지속된 건 물론이었고요. 한데 미사가 끝난 후 고별식 때 그에 못지 않은 깊은 감동이 또 한 번 안겨오는 거였어요. 모두의 입에서 나지막한 감탄이 새어나올 만큼 말이에요.

돌아가시기 전날 저녁까지 성당에 와서 성체 조배를 하셨다는 신부님의 약력이 낭독되고, 가까이 지낸 신부님의 회고담에 잠깐 웃기도 한 뒤, 십자가와 촛불과 함께 뒤따라 들어오는 수도원 막내 형제의 손에 들린 꽃다발 하나가 바로 그거였지요.

열 송이 남짓한 하얀 장미를 흰 포장지에 싸서 흰 끈

으로 묶은 그 꽃다발엔 수도원 식구 모두의 애도가 담겨 있다고 해도 모자람이 없어 보였으니까요. 그 꽃다발을 관의 발치에 놓고 고개 숙여 인사를 할 때는, 나도 따라서 그리하게 되더군요. 그제야 그곳 어디에도 당연히 있으리라고 여긴 꽃이 전혀 없었다는 사실을 인식하면서 말이에요.

낡은 카펫 위에 놓인 십자가 새겨진 나무 관과 작은 꽃다발 하나. 그걸 통해서 가장 수도원적인, 내가 꼭 보고자 했던 면모를 볼 수 있었다고 한다면 지나친 찬사가 될까요. 없는 것도 만들어 다는 세태에 지쳤던 마음이 더는 할 수 없을 만큼의 소박함으로 이승에서 저승으로 환치되는 노신부의 끝을 기리는 장면을 보며 힘을 얻었다고 한다면요.

한데 이미 저물어가는 목숨인 나의 마지막 자리에도 그런 값을 지닌 흰 장미 꽃다발 하나 놓이기를 바라는, 어찌 보면 가장 욕심 있는 기도를 새삼 품게 되었으니 이건 또 어떻게 다스려야 할지요. 그 장례미사에 다녀오기를 잘 하기는 한 걸까요.

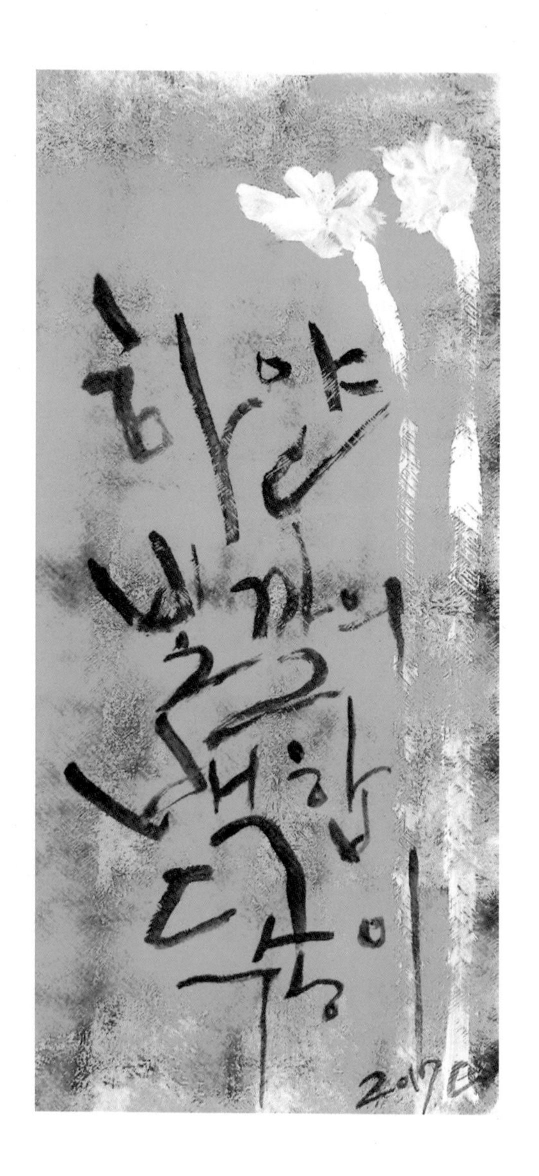

다시 열일곱

시간이 흐르니, 오래 전 개로 하여 안았던 작은 슬픔을 오늘 만난 개로 하여 안게 된 작은 기쁨으로 되돌려 받기도 하는군요. 하나는 집에서 키웠던 진돗개고, 하나는 수도원 피정의 집에서 만난 시베리안 허스키지만 말이에요.

눈이 함초롬하게 생겼다고 초롬이라 이름 붙인 그 개도 처음 데려온 곳은 수녀원이었어요. 남편이 정원 조경을 해 주는데 따라 갔다가 뒤뜰에 있는 진돗개 새끼를 보고는, 어디서 키울지는 미처 생각지도 않고 황토색 털을 가진 한 마리를 골랐지요.

우선은 마루에서 재웠는데, 일주일 정도는 어찌나 어미를 찾으며 밤마다 깽깽대는지 애를 먹었어요. 그래도 깔끔하기는 해서 용변은 꼭 현관 아래 있는 작은 마당에서 보곤 했는데, 여름이 오면서 그게 힘들어졌어요. 세를 준 반 지하층의 창문이 그쪽으로 나 있었거든요. 냄새 때문에 옥상으로 올려 보낼 수밖에요.

낮에는 그곳에서 있게 하고 밤이면 이층 베란다로 데려와 재우곤 했어요. 혼자 지내다가 식구가 올라오면 너무 좋아서 꼬리를 흔들며 빙빙 돌던 모습은 지금도 눈에 선하네요. 산책을 시키고 나서 다시 올려 보내려고 하면 발로 버티던 것도요.

세상일이 다 그렇듯이 그리 좋은 기억으로만 남았다면 얼마나 흐뭇했을까요. 키운 지 오 년을 넘기던 여름이었나요. 어찌나 더운 날이 계속되는지 다들 헉헉대며 견디고 있었는데, 유난히 더워하던 그 개는 그게 몇 배로 힘들었나 봐요.

아침에 옥상으로 올려 보내고 밥을 주려는데 하루는 이유도 없이 으르렁거렸어요. 그러더니 다음날은 피할 새도 없이 달려들어서는 내 오른쪽 발목을 물고 흔들었어요. 옆에 있던 빗자루로 치자 한발 물러나서는 이를 바드득 갈기까지 하는 거였고요.

피를 흘리며 옥상에서 내려와 병원에 갔더니, 깊이 물려서 두 겹으로 꿰매야 한다며 예방 접종이라도 되어 있어 다행이라고 했어요. 파상풍 주사를 맞고 안팎으로 열한 바늘을 꿰매고 매일 치료를 받으며 한참이 지나서야 겨우 아물었어요.

발목의 상처는 그렇게라도 아물었지만, 동물병원에 가서 의논을 하니 한번 주인을 문 개는 다음에도 그럴 수 있기 때문에 키우기 어렵다는 말을 들은 게 문제였어요. 결국 수소문 끝에 사나운 개를 구한다는 농장으로 보내기로 했는데, 말은 안 해도 종당에는 그게 어떤 길이라는 걸 식구가 다 아는 까닭에 편치를 않았어요.

공교롭게도 개가 가고 나서 얼마 안 있다가 집에 도둑까지 드는 바람에 울면서 보낸 뒷자리를 더욱 실감할 수밖에 없었지요. 그 뒤로는 아무도 개를 키우자는 말을 하지 않았으니, 그 개는 우리의 유일한 개로 한 권이나 되는 앨범 속 사진에 고스란히 남게 됐고요.

더욱 슬픈 일은 그 개가 가고 일 년이 지났을 때 남

편 또한 떠났다는 사실이에요. 발병 사실을 안 지 한 달이 채 못 되어 가는 남편의 저승길을 초롬이가 앞장서 인도하는 꿈을 꾸었다고, 그나마 다행이라고 아들은 눈물을 글썽이며 말을 하더군요.

그리고 얼마 안 있어 살던 집을 정리하고 아파트로 이사를 할 때에야 비로소 나는 입을 열 수가 있었어요. 지금까지 키웠다 해도 어차피 데려갈 수가 없을 테니, 그때 그렇게 보낸 것에 대한 미안한 마음을 이제는 접어도 되겠다고 말이에요.

오늘 한 수도원의 피정집에 들어설 때만 해도 그 슬픔을 다독여 줄 개를 만나리라고는 예상치 못했어요. 정문 안에서 갈색 털의 시베리안 허스키가 어찌나 반기는지, 그 일이 있은 뒤론 진돗개를 닮은 개 곁에는 가까이 갈 엄두도 못 내온 내게 바람을 일으켰어요.

첨탑까지 있는 성당 모양을 한 개집에는 '둥이'라는 이름의 팻말도 붙어 있어 수사님들의 사랑을 얼마나 받고 사는지 한눈에 알 수 있었지요. 스테인드 글래스 창문인 양 색유리까지 붙인 그 집은 세상에서 제일 예쁜 개집이네 하는 감탄이 저절로 나왔어요.

강의 내내 그 개 생각만 하다가 점심시간에 드디어 용기를 냈어요. 숨을 들이쉬며 가까이 가서는 머리에 살짝 손가락을 대 보았는데 꼬리를 흔들자 가슴이 뛰기 시작했어요. 그리고는 머리를 손바닥으로 쓰다듬고 목덜미 털도 만져 주자 얼마나 흡족한 눈빛으로 안겨오는지요.

헤아릴 수 있으시겠어요. 그때가 바로, 오래 전에 키우던 개로 하여 안은 슬픔을 기쁨으로 되돌려 받은 치유의 시간이었다는 것을요. '둥이'는 귀염둥이나 재간둥이처럼 어떤 특징을 지닌 이를 뜻하는 말 뒤에 붙는 말이지요. 그러니 내겐 치유둥이가 되는 거였어요.

일정을 끝내고 나오는 길에 둥이의 집 곁에 있는 화단에서 하얀 빛깔의 백합 두 송이를 발견했어요. 한 송이는 상처를 남긴 개의 화신으로, 한 송이는 그걸 아물게 한 개의 화신으로 다가왔다고, 그 꽃의 값을 거기서 찾았다고 하면 억지라고 하시겠어요. 그래도 고집을 부려야겠네요, 어찌 됐든 마음이 그 꽃처럼 하얘진 건 분명했으니까요.

기억해서 찾아와야만 하는 곳임을

분명히 인식시켜 준 게 그 꽃에서 발견한

나만의 값이었겠지요.

다시 열여덟

사람이 아닌 한 장소가 남은 내 삶의 향방을 결정하는 데 적지 않은 영향을 미쳤다면, 그건 나에게서 사람에게 거는 기대감 같은 게 완전히 사라졌기 때문일까요. 아니면, 그 장소가 지닌 의미가 그걸 넘어설 만큼 크기 때문일까요.

오늘도 그 집을 향하는 언덕길을 오르며 똑같은 생각을 해요. 길의 오른쪽은 차가 다니지만 왼쪽엔 나무들이 서 있고, 아래 풀밭엔 철마다 바뀌어 피는 꽃들이 있어 홀로 걸어도 머릿속에서는 항상 두런두런 말소리가 오가거든요.

혼자서만 지내는 생활도 벌써 사년 째, 그 외로운 시간을 견디느라 지친다는 느낌이 짙어지기 시작한 건 지난 해 겨울이었어요. 남편을 먼저 보내고 둘이서 지내다, 아들이 수도원이 있는 남쪽으로 내려가고 난 뒤엔 줄곧 그래왔지만요.

일없이 어울리는 벗이 있는 것도 아니어서, 어떤 때는 일주일을 집에만 머문 적도 있어요. 아침에 잘 일어났느냐는 아들의 전화를 받고 난 후 저녁에 편히 주무시라는 전화가 올 때까지 목소리를 내지 않고 하루를 지낼 때도 더러 있었고요.

혼자 잠들고, 혼자 일어나고, 혼자 먹는 생활의 호젓함이 좋을 때가 훨씬 많았지만, 지치는 날도 있는 게 사실이었어요. 자유롭고 편한 대신 외로움이 불러들이는 우울함과 수시로 맞서야 무너지지 않는 게 그런 생활이잖아요.

그래서 가끔은 내가 머무는 공간이 목소리가 필요 없는 물속으로 느껴지기도 했어요. 그러다 보면, 목숨카드 한 장 쥐고 있다고 해도 지나치지 않을 나이에 굳이 이렇게 지내며 버텨야 할 까닭이 있나 하는 회의에 빠지기 마련이었고요.

곁으로 간다 해도 머물 곳은 따로 장만할 생각이었는데, 그런 뜻을 비치니 의외로 아들이 완곡한 반대를 하더군요. 처음엔 야속했지요. 홀로 된 어미가 외로움에 지쳐 가까이 가겠다는데 그것조차 만류하다니 하는 얕은 생각에서요.

한데, 시간이 조금 흐른 후 아들의 한 마디에 내 생각의 축이 기울었었구나 하는 인식이 든 거예요. '수도원 봉헌회야 왜관이 본원이니 그대로 참여할 수 있겠지만, 문학의 집에 가시기는 힘들어질 텐데요. 유일하게 마음을 두고 가는 곳이라고 하셨잖아요.'

처음 한두 번은 몰라도 왜관에서 서울까지 세 시간 반이 넘는 기찻길을 내가 무슨 재간으로 오르내릴 수 있겠어요. 그러다가는 자연히 뜸해질 테고, 어떤 달 어떤 행사가 있는지를 훤히 알고 있으니 머리로만 헤아리며 아쉬워하겠지요.

"그 말이 맞는구나. 아들 곁으로 간다고 나이 들어가는 삶의 밑바닥 외로움이 단박에 가실 리도 없고, 그러느니 그 집에 오가며 예서 생활하는 게 지금껏 지녀온 빛깔 유지하며 생기를 잃지 않는 길이겠다. 반겨 주는 분들도 계시니 말이다."

그곳 모임에 참석하면 내가 뛰어난 문인은 아니어도 글 쓰는 사람이라는 자긍심만은 안을 수 있어 뿌듯했고, 비슷한 언어를 구사하는 이들과의 만남이 다른 데서는 구해지지 않는 충만감을 안겨줘서 좋았어요. 물론 그들의 치열한 작업에 자극을 받기도 했고요.

무엇보다 나를 흐뭇하게 한 건 청소년 축제 백일장이 있는 날 접수나 심사를 하며 참여한 시간이었어요. 원고지를 받아다가 사력을 다해 글을 쓰는 여중 남중 친구들을 보노라면, 교사 시절로 돌아간 듯한 기분으로 하루를 보낼 수 있었으니까요. 이미 흰머리임을 까맣게 잊고 '이렇게 해라, 저렇게 해라' 하다가는 머쓱해지기도 하면서요.

그 집의 화단에는 늘 꽃을 피운 화초들이 심어져 있어 탄성을 불러왔다는 말도 덧붙여야겠네요. 지나간 초여름에는 파랑 빛깔의 물망초가 자잘한 꽃송이들로 반겼지요. 금방 꽃 이름을 말할 수 있어 탄성은 배가 됐는데, '나를 잊지 말아 달라'는 꽃말이 예사가 아니었음을 이제야 알겠군요. 아들 곁으로 가려던 걸 멈추고 그 집에 오감을 선택했으니, 당신 삶에 자리한 의미를 다시금 새기라는 뜻이 아니었겠어요.

더구나 물망초는 꽃이 워낙 작고 꽃대도 짧아 잘라서 다발을 만들 수는 없고, 화분이나 화단의 흙에 뿌리를 두어야만 그 모양새를 지닐 수 있다니. 기억해서 찾아와야만 하는 곳임을 분명히 인식시켜 준 게 그 꽃에서 발견한 나만의 값이었겠지요.

어느 여름날 행사 때였나요. 아침부터 비가 쏟아지기에 이런 날은 행사가 취소되거나 연기될지도 몰라 하며 갔더니, 제 시간에 시작이 되는 거였지요. '우리 집에서는 이게 원칙입니다' 하는 인사말과 함께요. 반드시 지켜지는 미사 시간과 같은 그 믿음이 내가 그 집에 애착을 갖게 만든 큰 부분이었을 거예요.

숨이 가빠오니, 저기 남산 기슭에 자리한 그 집이 보이는군요. 피었던 물망초는 진 지 오래지만, 그 꽃말은 앞으로도 계속 나를 이끌겠지요. 언덕길을 걸어 올라 그 집에 들면, 그래도 내가 문학을 하는 사람이라는 인식에 조금은 가슴이 벅찬 시간을 보내게 될 테고요.

오늘 / 사랑에 안녕
그리고 말을 했다 날마다
안녕 / 다음날 사랑이
찾아와 다가와 날을
한자리를 떠나
그대는 바로 여기 당신의 품에
마음을 두고 내가
뒤늦게 얼을 사랑 그대가
하나도 모르는 날이 아니기를 바래

다시 열아홉

돌아와 헤아려 보니, 여고 동창생들과의 사십 주년 여행은 낯설음과의 만남이었다고 하는 게 가장 맞겠다는 생각이 드는군요. 육십이 된 나이에 아직도 낯설다는 느낌으로 다가오는 삶의 부분이 남아 있다는 게 신기하게 여겨지기도 하지만요.

나만 안고 있는 듯한 그 낯설음이 걱정스러워 잠시 망설였던 게 사실이에요. 지금껏 낯익은 사람들과는 우선 써야 하는 말부터가 달랐으니까요. 분명히 여중 때부터 육 년을 같이 다닌 친구들임에도 불구하고 '했니'나 '했어'라는 말이 선뜻 나오지 않았거든요.

인천에서 모인 친구들을 태운 버스가 서울의 약속 장소로 오는 동안이 가장 그랬을 거예요. 다행스럽게도 혼자 그런 건 아니었나 봐요. 학교 때부터 활달한 성격이던 한 친구가 기다리는 시간에 자기 소개를 하자고 하자 모두가 고개를 끄덕인 걸 보면요.

차 안에서도 똑같은 소개는 이어졌는데, '했어요' 라고 해야 할지 '했니' 라고 해야 할지 헷갈린다는 친구들이 몇 있었어요. 내가 가진 낯설음이 그 친구들에게도 있었다는 뜻일 거예요. 하지만 더 깊이 내재되어 있는 나의 낯설음은 따로 있었지요.

간고등어 정식으로 점심을 먹은 후 처음 간 곳은 병산서원이었어요. 앞에 있는 긴 누각에 오르면 낙동강이 감싸 안고 흐르는 바위 벼랑과 마주하게 되는 경치가 뛰어난 조선 시대의 대표적 서원인데, 진분홍빛 배롱나무 꽃이 한창이었지요. 그곳에 몸담아 수학했던 선비들의 열정이 그렇게 피어나 있는 건 아닐까 하는 생각이 들었어요.

안동 하회마을에 들어설 무렵에는 칠월 끝자락 더위에 모두들 지쳐가면서도 누구 하나 찡그린 표정이 없었어요. 힘들다 하면서도 주는 안내 책자 열심히 받아들고 성의껏 설명 듣고, 그러는 동안에도 카메라를 든 친구는 우리의 모습을 담기에 여념이 없었고요.

그곳이 한눈에 내려다보이는 부용대에 올라 함께 사진을 찍을 때는 수학여행을 갔던 생각이 난다고 다들 한마디씩 추억의 말이었어요. 한 친구가 내 이름을 부르며, 그때 잘 없어졌던 걔 있니 하자 한바탕 웃음이었고요. 이제는 안 없어져 하고, 얼른 대꾸는 했지요.

그곳에서 내려와 농암종택을 가기로 한 건 빼고 바로 숙소로 가자고 하니, 아무도 반대를 안 하는 거였어요. 밤이 다 되어 도착한 봉화의 그곳은 한 친구의 지인이 사는 별장이었는데 본채와 별채가 있고, 앞마당 잔디밭엔 저녁 식탁이 마련되어 있었어요.

서른여덟 명이 이틀간 그것도 이 여름에 네 개의 방에서 자며 네 개의 욕실과 화장실을 썼다면, 그 불편함이 헤아려지고 남겠지요. 밥도 얼른 먹고 씻으러 가고, 잠도 조금만 자고 살금살금 일어나 씻고 밖으로 나간 게 내 모습이었어요. 덕분에 새벽안개가 서서히 걷혀가는 산을 올려다보며 맘껏 그 정원을 거닐 수 있어 좋았어요.

잠귀 밝은 진돗개 두 마리가 잠에서 깨어 왕왕대는 바람에 뒷걸음질치고 작은 연못가 풀숲에 숨어 있던 개구리가 놀라 물속으로 뛰어드는 것도 보고, 나뭇잎에서 느릿느릿 움직이는 달팽이까지 만나고 할 즈음에야 친구들이 나오기 시작하더군요.

조별로 나뉘어 아침으로 먹을 누룽지 끓이고 빵 자르고 커피 물 올리고 과일 깎고, 다들 어쩌면 그리도 웃음이 떠나지 않는 얼굴들이었을까요. 그 나이 들기까지 살면서 다듬어진 조약돌의 모양새를 한 여자들의 모임 같았다면 적절한 표현이 될까요.

후포 바닷가에 이르러서는 바다를 볼 생각은 안 하고 정자 그늘에 앉아 맨발을 가운데로 모아 사진 찍으며 이게 더 좋다 하고, 불영사를 향하는 계곡 길에서는 반 자루씩 들려 있는 삶은 옥수수의 힘으로 간다 하며 나이가 주는 한계를 실감하기도 했지만요.

그러면서도 저녁 먹고 나서는 모닥불가에 모여 이러다 목쉬는 거 아니야 할 만큼 돌아가며 노래 부르고, 아침 먹고 나서는 뛰어 가다가 신발을 한 짝씩 차서 누가 멀리 보내나 하며 손뼉을 치고는 했어요. "우리 나이에 신발 짝 가지고 이렇게 재미있게 놀 수 있는 여인들 있으면 나와 보라고 해. 자부심 가지자."는 누군가의 말도 나왔지요.

돌아오는 날엔 닭이 알을 품고 있는 형상이라고 해서 닭실마을로 이름 붙여진 곳을 돌아보고 석천정사가 있는 계곡에 들렀어요. 모두들 흐르는 물에 발을 담그며 좋아했지요. 바위에 서서 그걸 바라만 보고 있노라니, 달라진 나와 마주하게 되더군요. 그리고 알았어요.

학교 때 글짓기 좀 한다고 혼자 비 맞고 다니거나 수학 여행길에 맨발로 돌아다닌 나를 친구들이 아직까지도 이상한 눈으로 바라보는 건 혹시 아닐까 하는 우려가 컸다는 사실을요. 그게 이번 여행을 주춤거리게 한 가장 큰 낯설음이었다는 것도 말이에요.

첫날 새벽에 만난 작은 연못 안의 봉오리진 연꽃이 다음날 새벽에 활짝 피어난 걸 보며 혼자 지른 탄성. 그게 바로 여고 동창생들과의 여행을 통해 내가 뒤늦게 얻은, 이젠 그러지 않아도 된다는 낯익음이 아니었을까요. 그 꽃의 값이기도 했을 테고요.

피정집 정원에 핀 노랑 수선화와 진분홍 히아신스와

보라 무스카리와 빨강 튤립,

그 중에 가장 눈에 든 하양 튤립이야말로

어쩌면 우리의 표상일지 모른다는 생각이 들었거든요.

다시 스물

여고 동창생 사십 명이 함께 한 봄날의 수도원 기행은 처음부터 고개 갸웃거리게 하는 의아함이었어요. 회장이 바뀐 터라, 신구 임원이 인사를 나누고 업무를 주고받는 자리에서였나요. 수도원에 가자는 말이 나오나 싶더니, 바로 진행이 됐으니까요.

지인인 왜관 베네딕도 수도원의 부원장님에게 숙소 사정을 알아보는데 잠깐, 수사님의 피정 지도 일정을 맞춰보는데 잠깐, 그러고는 다음날 홈페이지에 여행 계획이 올라 왔어요. 놀라운 건 하루 만에 삼십 명이 신청을 하고 대기자 명단이 열 명까지 간 거였지요.

그때부터 내 걱정은 태산이었는데, 일 처리 능력이 뛰어난 친구들이 많더군요. 내 통장으로 각자의 숙박비를 넣게 해서 일주일 만에 정리가 됐고, 기차표는 예매가 가능한 한 달 전 그 날짜에 일제히 연락을 취해서 타는 역 별로 완료를 시켰으니 말이에요.

종교가 같은 사람끼리 세상을 피해 조용히 머문다는 피정避靜을 가는 것도 아닌데, 왜 다들 수도원 기행을 그리 원하는 것일까. 한 달 가까이 책상 위에 일정표를 놓아두고 짰다 고치기를 반복하는 동안 머리를 떠나지 않은 생각이었어요.

이주 전 부활절에 내려가 숙소와 일정을 확인하고 올라왔다가는 하루 전에 다시 내려가 준비를 했지요. 아들이 그려 준 '인일 12기, 어서 오세요'라는 포스터를 들고 플랫홈에서 마중을 하노라니, 기차에서 내리는 친구들의 얼굴이 수학여행 때와 같더군요.

아들 차에 짐가방을 모두 실어 보내고, 미군 부대의 담에 그려진 벽화를 따라 걷기 시작했어요. 딱정이길 – 상처를 치유한다는 뜻의 이름이 붙여진 그 길의 벽에는 한국 동란에 참전한 병사들의 빛바랜 모습이 우릴 기다리고 있었어요.

피정집에 도착해 배정한 방에 각자의 짐을 옮기고, 저녁 기도에 가기 위해 수도원으로 향했어요. 처음 접하는 풍경에 감탄을 하는 친구들을 보니, 이제는 내게 익숙해진 것을 여러 친구들과 나눌 수 있다는 게 오히려 감사했어요.

묵직한 대성당 문을 밀고 들어가 맨 앞부터 앉고 나서는 긴장한 표정이 역력했어요. 울리는 종소리에 이어, 검은 수도복을 입은 수사님들이 두 줄로 들어와 제대를 향해 깊이 고개 숙이고 양쪽으로 나뉘어 서서 성무일도를 노래로 바치는 광경.

나도 처음 봤을 때는 '우리 삶에 저런 장면도 있나' 했으니, 친구들도 마찬가지였을 거예요. 자기 종교와는 상관없이 그런 선택을 한 이들의 모습에서 색다른 감동도 안았을 테고요. 거기에 반해 나는 재속회인 봉헌회에 입회해 검은

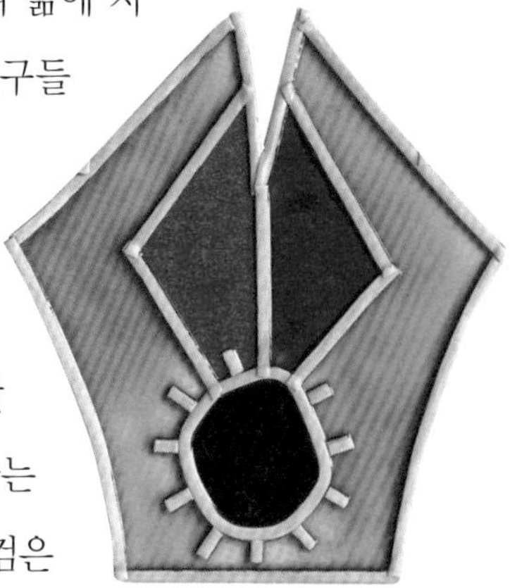

봉헌복을 입게까지 되었으니까요.

져 가는 해가 구성당의 종탑에 걸린 풍경을 배경으로 서로의 모습을 담느라 여념이 없는 그들을 재촉해 피정집으로 돌아와 저녁 식사를 하는데, 마침 미역국이 나와 반색을 했지요. 아침도 제대로 먹을 겨를이 없었던 내 생일이었거든요.

그 후에는 끝기도를 마친 수사님이 강의를 해 주었는데 얼마나 열정적이었는지, 아래층에서 다과회 준비를 하자니 웃음소리와 발 구르며 치는 박수 소리에 집이 울릴 정도였어요. '웃는 얼굴은 꽃의 향기'라는 주제로 진행된 내용 속에는 가장 지키고 싶은 것을 위해 남은 날을 살자는 뜻이 담겨 있어, 눈물을 흘린 친구도 여럿 있었다더군요.

포도주 잔을 들고 건배하는 친구들의 상기된 얼굴은 그 울림의 깊이를 듬뿍 담고 있었지요. 환갑이 된 나를 위해 아들과 여동생 부부가 마련해 준 케익을 나눠 먹으며 늦게까지 이어진 이야기 소리에 피정집도 늦도록 잠들지 못했을 거예요.

아침 여섯 시 미사에 가기 위해, 그곳의 알림인 징소

리가 나기도 전에 모두 현관에 나와 기다리고 있는 모습에 다시 한 번 놀랐지요. 가톨릭 신자인 친구들은 성체를 모시기 위해 앞쪽에 앉고 다른 친구들은 뒤쪽에 자리를 잡았어요. 파이프 오르간 반주까지 있는 그 미사는 내게도 의미가 있었어요.

전 날이 아버지의 일주기라 오래 전에 가신 어머니와 나란히 이름을 올린 연미사 – 돌아간 사람을 위한 미사 – 이기도 했으니까요. 혼자된 맏딸이 친구들과 더불어 참석한 모습에 두 분 다 흡족하셨을 거예요. 같은 봉헌회원인 여동생도 곁에 있었으니까요.

아침 식사 후 대성당에 모여서는 수사님께 설명을 들으며 수사님들 기도석에도 앉아 봤어요. 불타다 남은 성모상이 있는 소성당도 역시 색다른 느낌이었지요. 수사님 작업실에 가서 안내 책자와 작은 초 받침 접시를 하나씩 선물로 받고는 성물방에 들렀어요.

성물이랑 수사님들이 만드는 소시지를 사느라 북새를 떨고는 피정집으로 돌아와 점심을 먹고 올 때와 똑같은 방법으로 떠났어요. 돌아와 하루 동안은 스마트폰 밴드에 댓글이 넘쳐났지요. 수사님 말투에 젖어서

'했데이. 이게 아이가' 하는 바람에 웃음이 흘렀고요.

내가 들은 가장 고마운 말이 뭐였는 줄 아세요, '정원이는 거기가 집 같더라'는 한 마디. 수사님 웃음의 말처럼 이제는 6호선 전철에 올라탄 나이니 수도원 기행을 통해, 혼자 된 친구의 결코 외롭지 않은 모습을 통해 그런 영혼의 안착지를 보고 싶었던 게 아닐까요.

봉헌회에서는 늦가을에 피정을 가는 까닭에 만날 수 없었던 봄꽃들도 기쁨이었어요. 피정집 정원에 핀 노랑 수선화와 진분홍 히아신스와 보라 무스카리와 빨강 튜울립, 그 중에 가장 눈에 든 하양 튜울립이야말로 어쩌면 우리의 표상일지 모른다는 생각이 들었거든요.

삶의 여러 빛깔을 품으며 지나온 세월이 이제는 그 꽃의 빛깔로 조용히 내려앉아도 괜찮은 나이니, 봄날의 이번 여행은 그래서 모두에게 의미를 지닌 거겠지요. 그 꽃은 그 값을 위해 그 빛깔로 거기에 피어 우리를 맞았던 것일 테고요.

다시 스물하나

인천역에서 내려 그 호텔로 향하는 비탈길을 오르자니, 이곳만큼 여러 겹의 기억을 가지게 한 장소가 또 있을까 싶더군요. 첫 번째 기억은 그곳을 바라만 보아야 했던 서글픔의 빛깔이었어요.

초등학교 삼학년 때 군인이었던 아버지가 퇴역하면서 정착하게 된 인천은 달가운 곳이 아니었어요. 황해도가 고향인 부모님은 피난 온 친척과 더불어 살 수 있어 괜찮으셨을지 모르지만, 서울서 다니던 학교를 떠나야 하는 것부터 내겐 싫은 일이었으니까요.

그때로서는 처음 지어졌다는 군인 아파트에서 살던

이정희

그대들, 알고 있나요
단발머리 구리수중이 삼년동안 머물렀던
인창의 교목이 대나무이고 교화가 개나리란 것을
대나무 숲에 낮은 바람이 개나리의 꽃가지가 되고
초여름 줄장미의 넝쿨로 이어져 국화 향기에 잠 설레던
인창교사의 햇빛 반짝이는 창문들
그 기억이 늦가을 강물처럼 차고 맑게 영글어
한 해를 닫아야 하는 문 앞에서 서성이는 오늘

한발 한발 다가서 어느새 가슴으로 피고 든 따스한
손을 잡고 사십 년 전 학다리를 떠난 구리가
각자 삶의 여정에서 보아온 기쁨과 슬픔들을
빨간 교사 혼으로의 말하는 표현이다
코스모스 꽃잎으로 피어 운동장을 달리는 사슴처럼
마냥 신이 나도 좋은 바로 그런 저녁인 것도 알고 있나요

것과는 비교도 안 되는 전세살이로 살림도 준 데다, 치맛바람이 센 학교 분위기 탓에 전학을 왔다는 이유만으로 우등상을 못 받는 일마저 벌어졌으니 얼마나 위축이 되었겠어요.

여유있는 집 아이들에게서 크리스마스에 올림푸스 호텔에 가서 가족끼리 저녁을 먹고 왔다고 자랑삼아 말하는 걸 들었던 기억은 아직도 남아 있어요. 그 뒤 집안 형편은 나아졌지만, 인천에서는 고급스러움의 최고로 여겨지던 그곳에 갈 정도에는 못 미쳤지요.

어머니가 육십을 바라보는 나이에 돌아가셨을 때 가장 깊은 후회로 남은 게 왜 진작 그곳에 가서 근사한 저녁 한 끼 못했나 하는 거였어요. 정박한 배들의 불빛이 바라다보이는 방에서 하룻밤 묵을 수도 있었을 텐데 하는 아쉬움도요.

어머니가 가신 뒤 삼십 년을 혼자 사신 아버지를 향해서는 아예 그런 소망조차 품지 않고 지내다가 올 봄에 돌아가시고 나니, 그 파도가 또 밀려와 가슴을 훑고 가더군요. 반나절의 시간이라도 주어진다면 두 분을 모시고 가련만, 이제는 머릿속의 바람일 뿐이지요.

두 번째 기억은 이십 년 전과 십 년 전 그곳에서 열린 행사에 참가한 뿌듯함의 빛깔이었어요. 이십 년 전 행사는 수필가들의 여름 세미나였는데 그 주제가 '꽃을 테마로 한 수필 문학'이었어요. 내가 발표한 내용은 '내 수필에 있어서의 꽃의 의미'였고요.

십 년 전 행사는 '제 1회 인일의 밤'이었어요. 모교 총동창회에서 개최한 송년 모임에 내가 축시를 낭독하게 되었는데, 새롭게 단장을 해 이름만 인천 파라다이스 호텔로 바꾼 예전의 거기였으니 얼마나 자랑스러웠겠어요. 뿌듯함이 가슴에 채워졌지요.

그리고서 오늘, '인일 12기의 사십 주년 기념 송년회'에서 축시를 낭독할 기회가 다시 생긴 거예요. 세 번째 기억의 빛깔을 서글픔도 뿌듯함도 아닌 스며듦을 보며 얻은 기쁨이라고 하면, 너무 나이든 티가 나는 표현일까요.

그대들, 알고 있나요.
단발머리 우리의 웃음이 삼년 동안 머물렀던
인일의 교목이 대나무이고 교화가 개나리인 것을.

대나무 잎에 앉은 바람이 개나리의 꽃가지가 되고
줄장미의 넝쿨로 이어져 국화 향기에 맘 설레던
원형교사의 햇빛 반짝이는 창문들.
그 기억이 늦가을 강물처럼 차고 맑게 영글어
한 해를 닫아야 하는 문 앞에서 서성이는 오늘.
한발 한발 다가와 어느새
가슴으로 파고든 따스한 손을 잡고,
사십 년 전 울타리를 떠난 우리가
각자 삶의 여정에서 모아들인 기쁨과 슬픔들을
빨강과 초록으로만 말하는 포인세티아
크리스마스 꽃으로 피워
눈밭을 달리는 사슴처럼 마냥 신이 나도 좋은
바로 그런 저녁인 것도 알고 있나요.
지금은 너무 커버린 바닷가의 한 도시에서
언젠가는 돌아와 만나겠노라
원형의 분수가 자갈돌에 남겨 두었던
고운 이야기들을 되살려
축제의 불꽃으로 터뜨린다 해도
누구 하나 말릴 이 없는

그래서 마음 놓고 춤추어도 좋은
그러한 저녁이라는 것 또한.
일생에 한 번 꽃을 피워 목숨을 마무리하는 대나무와
잎보다 먼저 얼굴을 내미는 꽃으로
봄의 전령사가 되는 개나리.
제 스스로도 모르는 사이에
강인하고 절개 있으며 소박하고 희망찬
그들의 상징을 받아들여
예까지 온 우리야말로, 천 년 미추홀의 딸들이
되고도 남는다 여기지 않나요.
파도에 쓸리고 또 쓸려도 끝내 보내지 못한
아니 결코 보내지 않은 단 하나의 이름, 인일을
이제는 가슴 저린 우리 그리움의
화신이라 일컬어도 되지 않겠나요.
흘러간 시간과 상관없이
무조건 아름다운 그대들이여.
그러기에 열두 다발 크리스마스 꽃으로 피어도
정녕코 모자람이 없을 그대들이여.

낭독하는 동안 숨소리도 들리지 않는 듯 했던 분위기가 육십 나이의 동창들 마음에 내 글이 스며들어 조용한 반향을 불러 일으켰기 때문이라는 걸 알자, 가슴이 벅차오더군요. 글 쓰는 사람에게 그보다 더한 기쁨의 순간은 없을 테니까요.

빨강이나 초록이 들어간 옷과 소지품을 지니고 오라는 주문 사항을 지키기 위해, 남편이 간 뒤에 유일하게 남겨두었던 빨간 쉐타를 찾아 입고 머리엔 빨간 루돌프의 뿔이 달린 띠까지 하고 낭독한 시의 값. 그것이 곧 내가 묘사한 꽃의 최고 값이 된 거겠지요.

올 연말을 끝으로 그 오래된 호텔이 문을 닫는다니, 여러 겹의 기억을 가지게 한 비탈길이 더 이상의 기억을 만들어 줄 일도 없겠네요. 내려오는 걸음 뒤로 그 길이 자취를 감추어 가고 있다는 느낌이 들어 눈물이 고인 건 그래서였을까요.

과학관 앞에 핀 하얀 마가렛의 꽃송이를 뜯으며

서 있던 모습을 이제는

기억 저 편으로 보내도 괜찮겠지요.

꽃값

다시 스물둘

여고 시절의 그분과 연락이 닿아 만남을 이야기 해 놓고도, 막상 날짜를 정하지 못하고 있었던 건 마음에 드는 장소를 찾지 못해서였어요. 그러다 떠오른 곳이 오가며 밖에서만 보았던, 국립중앙박물관 안에 있는 한식당 '마루'였지요.

정문에 들어서서 조금 올라가면 펼쳐지는 거울못, 물결이 잔잔히 이는 그 못을 바라보며 술 한 잔 곁들인 점심 식사를 할 수 있는 곳이라 좋았어요. 유난히 차분한 옷차림을 했던 건 이제는 안과 밖에서 모두 안정감을 얻었다는 걸 보여드리고 싶어서였어요.

졸업 삼십 주년을 기념하는 자리에서 뵙고는 벌써 십 년, 그때는 회색 머리도 아니었으니 알아나 보실까 하는 우려도 잠깐. 예전보다 얼굴의 주름이 조금 많아졌을 뿐, 칠십 중반이 되신 그분은 여전히 명쾌한 목소리로 반기시더군요.

'이제는 세상과 화해한 것이냐.'

팔 년 전, 한번 뵙겠노라고 하고는 줄곧 미루어지다가 마침 연락을 주신 날이었어요. 처연하게도 나는, 입원해서 한 달이 채 못 되어 숨을 거둔 남편을 문중 납골묘에 봉안하고 돌아오는 길이었지요. 말로는 답을 드릴 수가 없어 글을 올렸어요.

'받아들이기 힘든 일이 생기는 이 세상과 화해하는 날, 돌아와 연락드리겠습니다.'

돌아올 수 없으리라 여기며 그렇게 썼었는데, 그걸 기억하고 계셨던 거예요. 그리고 이어진, '네 얼굴 보니까, 안심해도 되겠다'라는 말씀 속에서 그분이 담임이었던 무렵 내가 얼마나 걱정을 끼쳤는지도 함께 읽을 수 있었어요.

돌아보면 그때 내가 했던 행동들은 나 자신도 왜 그

랬는지 이유를 짚어내기가 쉽지 않았어요. 수업을 하다가도 비만 내리면 뒷문으로 기어나가서 운동장을 가로지르면 오를 수 있는 동산에 멍하니 앉아 있기 일쑤였으니까요.

그뿐인가요. 교련 시간의 긴 정렬을 못 참아서 어지럽다고 하고는, 분수 가에 핀 넝쿨 장미의 가시에 일부러 손가락을 찔린 뒤 솟아나는 핏방울을 들여다보기도 했어요. 설악산 수학여행 때가 이상한 극이었지요. 어쩌자고 그 산길을 운동화는 들고 맨발로 다녔는지, 인원 파악 때는 여지없이 없어져서 반 친구들이 손나팔로 부르게 만들었고요.

그러니 담임인 그분의 속이 얼마나 탔겠어요. 그 심정은 내가 선생이 된 후에 절실하게 헤아릴 수 있었어요. 죄송한 마음을 나중에야 가지게 됐다고 하자, 알았으니 다행이다 하며 웃으시더군요. 육십을 넘기는 나이인 걸요 하는 내 말에도 역시요.

종례 시간에도 종종 없어지는 바람에 한번은 빗자루로 손바닥을 맞은 적이 있다고 하자, 답하시는 말씀 속에 얼마나 깊은 헤아림이 담겨 있는지 가슴이 찡해 왔

어요. '내가 그렇게 안 했으면, 반 아이들한테 더 따돌림 당했을 거다. 글 잘 쓴다고 넘어가나 해서.'

'제 성향을 인정해 줄 만한 집안 분위기가 못 되는 것도 화가 났고, 문학소녀다운 가녀린 모습이 아닌 것도 마음에 안 들었어요. 거기다 공부는 해야 하고, 담임 맡으셨을 때 그게 가장 심했지요. 그래도 문예 장학생으로 대학에 갔을 때 가장 기뻐해 주셨잖아요.'

그분과 헤어지고 돌아와, 처음 낸 책의 머리말에 들어간 시 한 편을 찾아서 읽었는데, 놀랍게도 그 안에 여고 시절의 방황은 물론 결혼하고 난 뒤의 갈등이 고스란히 담겨 있더군요. 그리고 그걸 이겨내기 위해 얼마나 안간힘을 썼는지도 말이에요.

'새야.
아직도 넌 새장을 너의 우울한 성城이라고 여기니.
날갯짓을 막아버리고, 사는 일마저 멈추게 하는.
하지만, 날개를 접어 웅크리고 깊이 흐느껴 보렴.
날개는 두고 날개만으로 날아가는 길
은빛 나는 또 하나의 길을 찾게 될 테니, 꼭.

그리하여 새장은 어느새 네 영혼에 실리게 되고
우울한 성城보다 네가 커 있음을 보게 될 테니.'

그렇게 갈망했던 은빛길이, 아들 또한 원하는 삶을 위해 떠나보내고 홀로 이어가는 지금의 시간이라고 감히 말할 수 있을까요. 그렇다면, 학교 과학관 앞에 핀 하얀 마가렛의 꽃송이를 뜯으며 서 있던 모습을 이제는 기억 저 편으로 보내도 괜찮겠지요.

도무지 성에 차지 않는 나에게 줄곧 화를 내고 있는, 새장에서 벗어날 방법을 찾아내기에는 힘이 달릴 수밖에 없었던 단발머리 여고생을 예전의 교정에서 만나, 그런 네가 있어 내면이 영근 지금의 내가 있는 거란다 하며 한번은 안아 준 후에 말이에요.

얼마 전에 낸 책을 보내 드리며 그분께 짧은 감사의 글을 올렸어요. 마가렛 꽃잎의 값을 뒤늦게나마 부여할 수 있어 다행이라고 여기면서요.

'그 여고생을 그리 인정해 주신 덕에, 비록 작은 찻잔이기는 하나 오늘의 회색 머리 작가가 한 사람 있지 않나 싶습니다'라고요.

자잘한 꽃송이지만 유난히 향기가 짙은 산국,

그 꽃이 오래 전이지만 지금도 결코 빛이 바래지 않은

깊은 감사의 마음을 전하며 값을 다해 주리라 믿으면서요.

다시 스물셋

살아가면서 만나는 모든 일에는 다 배움이 있다더니, 그 말이 정말 맞더군요. 생각지 않았던 것에서 사십 년 전 여고 시절에 쓴 작품의 기억을 떠올렸으니 말이에요. 그건 지인의 소개로 맡게 된 어느 현상 모집의 고교부 소설 예심 때문이었어요.

심사는 그다지 어렵지 않았는데 심사평을 쓰기가 힘들었어요. 아무리 고등학생 작품이라 해도 누군가의 작품을 평한다는 건 쉬운 일이 아니잖아요. 작품 심사가 다 그렇듯이 내 관점이 딱히 맞는다고 말할 수도 없는 일이니까요.

다른 글에 비해 궁리도 많이 하고 말도 가려가며 심사평을 써놓고 보니, 그동안 내가 글쓰기에 대해 가져온 생각이 고스란히 드러나 있었어요. 다분히 교과서적이라고 해도 틀린 말이 아닐 정도로요.

"글쓰기의 마지막 목표는 감동이다. 내가 쓴 글이 누군가의 마음을 두드려 그 문을 열게 할 수 있다면 그것으로 빛나는 성과를 거두었다고 해도 지나친 말이 아닐 것이다.

그러기 위해서는 각기 다른 삶을 영위하는 이들이 공감할 수 있는, 즉 고개를 끄덕일 수 있는 주제를 찾아내야 한다. 그런 주제는 치열하게 이어가는 내 삶을 통해서만 얻을 수 있다. 아니, 캐낸다는 표현이 오히려 맞을지 모른다.

그런 주제를 말이 되는 이야기로 풀어나가는 과정에서 필요한 것이 구성이다. 같은 내용도 어떤 순서로 배열하느냐에 따라 그 맛이 달라지기 때문이다. 밋밋한 것으로 만들기도 하고 끝까지 시선을 붙잡는 것으로 만들기도 한다.

그렇게 이야기를 풀어 나갈 때 도구가 되는 것이 문장이다. 누구나 멋진 문장, 짤막하면서도 강한 인상을 남기는 문장을 원하지만 쉽게 되는 일은 결코 아니다. 매우 성실한 자세로 그려내려는 대상을 정확하게 표현하고자 하는 노력이 필요하다.

고교 생활 하면 즉시 입시 준비 기간이라고 바꾸어 말해도 될 현실에서 소설이라는 긴 글쓰기를 해낸 응모자 모두에게 격려의 꽃다발을 안겨주고 싶다. 대단한 작업들을 해냈다.

덧붙이고 싶은 말이 있다면 지나치게 성숙한 눈으로 삶을 바라보고 있는 게 아닐까 하는 우려다. 봄의 새순과 여름의 녹음과 가을의 단풍을 거쳐야 겨울의 나목을 만날 수 있는 법인데, 아직 문학의 새순이라고 해도 될 고교생의 눈이 그다운 패기 없이 관조적이 되어 버린다면 그건 흉내내기에 불과할지 모르기 때문이다. 신선함을 지녔으면 하는 바람이다."

심사평을 써놓고 나자 떠오르는 게, 내가 고등학교 삼학년 때 쓴 소설이었지요. 한 대학의 국문과에서 주최한 문예현상 모집에서 당선을 한 '이파리 없는 나무' 라는 제목의 그 중요한 작품이 말이에요.

왜 중요하다는 말을 쓰는지 의아하겠지만, 그 작품이야말로 내가 고등학교를 마치고 대학교로 진학을 하는 과정에서 결정적인 역할을 해주었거든요. 돌이켜봐도 가슴을 쓸어내리게 하는 기억도 깔려 있고요.

남동생과 한 살 터울이라 국립대학교나 교육대학교가 아니면 보내 줄 수 없다는 게 부모님 뜻이었는데, 성적은 거기에 조금 못 미치고 국문과에는 꼭 가고 싶었지요. 마침 그때 문예반 선생님이 건네준 현상모집 공고를 보고는 온 힘을 다해 썼던 거예요.

예비고사를 열흘 앞두고는 이불 속에 스탠드를 놓고 목으로 받쳐가며 써서는 응모를 했는데 당선이 되어, 문예 장학생으로 갈 수 있게 된 거였어요. 그러지 못하면 줄곧 일그러진 마음으로 살아갈 수도 있겠다 여겼으니, 혼자서 얼마나 애가 탔겠어요.

담임선생님에게 당선 통지서를 받아들던 날은 아직도 말라버린 기억이 아니지요. 교정의 분수가로 뛰어나가 가슴이 터지기라도 할 듯이 소리내 울었으니까요.

나중에 들은 심사평이 '고등학생다운 눈으로 그에 맞는 주제를 잘 다루었다'는 것이었어요.

늘 혼자 지내며 화단에 핀 하얀 마가렛 꽃잎을 뜯거나 차가운 늦가을 비를 맞는 친구를 다른 한 친구의 눈으로 바라본 내용이었는데, 자기를 이파리 없는 나무라고 표현하던 그 친구의 아픔이 가정사에서 온 것이라는 걸 알게 되는 것으로 그렸었지요.

아버지가 죽고 어머니는 재혼을 하고 할아버지 할머니 밑에서 크면서 자기도 몸이 아파 병원으로 간 뒤에, 학교로 찾아온 어머니를 친구가 만나 이야기 전하는 것으로 마무리를 했었어요. 물론 문학소녀라고 눈에 띄는 행동을 일삼던 저의 자화상일 뿐이었지만요.

얼마 전 그 소설을 뽑아주었던 분을 기념하는 문학촌에 갈 기회가 있었어요. 근처를 지나는 문학기행 길에 들른 것이라 꽃 한송이 준비를 못한 게 못내 아쉬워서, 근처에 피어 있는 산국 한 가지를 꺾어 묘소

앞에 놓아드리며 늦은 인사를 드렸어요.

그때 고교생다운 작품이라고 뽑아주신 덕분에 지금의 제가 있는지도 모르겠다고요. 자잘한 꽃송이지만 유난히 향기가 짙은 산국, 그 꽃이 오래 전이지만 지금도 결코 빛이 바래지 않은 깊은 감사의 마음을 전하며 값을 다해 주리라 믿으면서요.

다시 스물넷

아직은 아이라고 해도 될 열 살 무렵에 읽은 이야기가 예순 살을 넘긴 지금까지 머리에 남아, 내가 이어서 쓰는 글의 바탕색이 되고 있다는 사실이 놀랍지 않으세요. 꽃이 들어간 그간의 글쓰기에 그 이야기의 빛깔이 깊게 배어 있음을, 아니 말하기에 또한 그러했음을 이번에 확인했으니 말이에요.

내가 하는 말이 듣는 사람들의 마음속으로 고스란히 받아들여짐을 느낄 수 있었던 말하기가 얼마만인지, 그 뿌듯함은 한마디로 표현하기가 어려울 정도였어요. 아마도 이십 년을 머물렀던 학교를 떠나오던 날 퇴

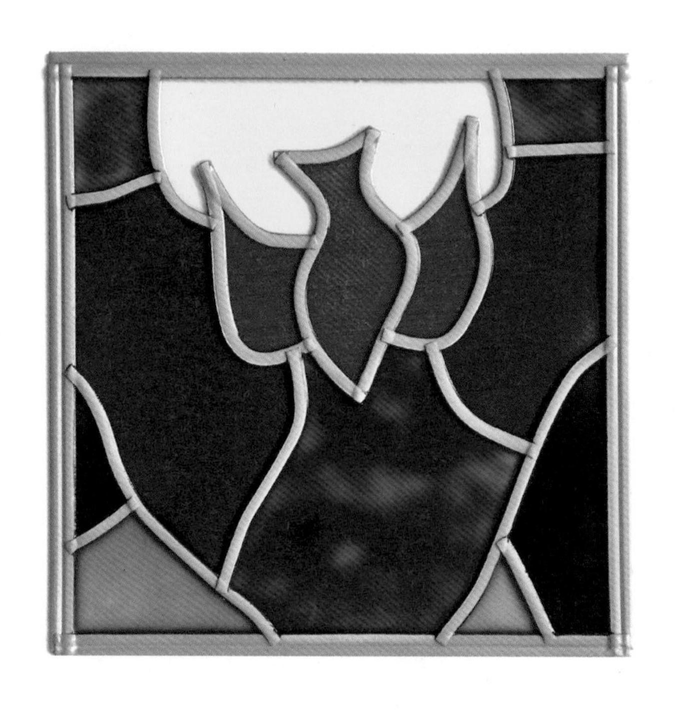

새벽이 올 무렵까지 잠들지 못하고 있다가 문득 생각했어요.

이야기 속의 나무가 피운 꽃들은

이렇게 내 안에서 그 값을 지닌 게 아닐까 하고요.

임식 자리가 마지막이 아니었나 싶네요. 그 후론 그런 느꺼움에 가슴 벅차한 기억이 없으니까요.

대학교 부속 남중과 여중과 남고와 여고생이 한데 모인 곳에서 떠나는 교사들을 대표해서 말을 했었지요. 그것이 내게는 줄곧 남중에 있는 동안 여러 차례 했던 연구 수업, 이제는 끝이 될 연구 수업으로 여겨져서 온 마음을 다해 준비를 했고요.

시작 전에는 몹시 떨려 하다가도 막상 교단에만 올라서면 놀라우리만치 차분해지곤 했기에 무슨 내용으로 말을 할 것인지가 오히려 걱정이었는데, 그걸 푸는 실마리가 되어준 게 바로 그 이야기였어요. 한 그루의 꽃나무 이야기요.

한 언덕에 어린 꽃나무가 살았어요. 바람이 부는 어느 저녁 새가 한 마리 날아 왔어요. 꽃나무는 팔로 새를 감싸 주었고, 새는 밤새도록 세상 얘기를 들려주었어요. 아침이 되자 새는 다시 오겠다는 약속을 남긴 채 떠났고, 얼마 후 그 자리에선 기다림이라는 이름의 꽃이 피어났어요.

시간이 흐르면서 꽃나무의 팔에는 날아온 새들이 피워 놓고 간, 각기 다른 이름의 꽃들이 늘어 갔어요. 그리움, 고마움, 안타까움, 아쉬움, 슬픔, 믿음 등. 그러다 바람이 불고 비까지 내리는 저녁, 날개 젖은 파랑새 한 마리가 날아들었어요. 밤을 보낸 후, 꼭 돌아오겠다는 약속을 몇 번이나 하고 떠난 그 새가 피운 꽃의 이름은 사랑이었어요.

숱한 꽃을 피워 놓고 간 새가 돌아와 주기를 바라는 기다림 속에 꽃나무의 허리는 점차 휘어져 갔어요. 세상이 끝나기라도 할 것처럼 폭풍우가 몰아치는 밤, 꽃나무의 다리에 벼락이 내리쳤어요. 팔에 달려 있던 꽃들이 흩어지며 꽃보라를 일으키는 속에서 나무는 흐느낌과 더불어 마지막 말을 끌어안았지요.

"한 마리의 새가 지금이라도 돌아와 준다면."

꽃나무가 서서히 쓰러져 가고 있을 때, 어디선가 새의 울음소리가 들렸어요. 그 빗속에 가녀린 날개를 파닥이며 찾아온 작은 파랑새였어요. 이제야 돌아 왔어라는 말과 함께, 새는 나무의 팔에 치여 꽃들과 함께 땅으로 떨어졌어요.

사랑이라는 이름의 꽃을 피워 놓고 간 새가 그렇게 돌아왔듯이, 큰 것만이 힘이 되는 건 아니라는 말로 끝맺음을 했었지요. 그 꽃나무의 이야기는 물론 내가 지어낸 게 아니었어요. 초등학교 삼학년, 군인이었던 아버지가 퇴역을 하면서 전학을 가게 되었을 때 담임선생님이 선물로 준 동화책에 실려 있던 거였어요.

오늘 오후, 자주 가는 '문학의 집'에서 주부학교 독후감 공모 시상식이 열렸어요. 그 자리에서 짤막하게 문학이 내 삶에서 지니는 의미를 말할 기회가 주어졌는데, 그 내용을 준비하는 게 쉽지가 않더군요. 뒤늦게 공부를 시작한 분들 앞에서 섣불리 내가 살아온 과정이나 글 써온 과정을 말했다가는 자랑으로 여겨질지 모른다는 우려 때문에요.

이번에도 갈피를 잡지 못하고 있는 머릿속의 엉클어진 실타래를 풀어준 게 그 이야기였어요. 그걸 시로 써 둔 걸 찾아내서 읽는 것으로 말을 시작했어요. 자신의 생각과 감정을 글로 써냈으니 여러분은 모두 작가라는 말에 덧붙여서요.

새야.

바람 부는 언덕엔 꽃나무가 서 있었고

저녁이면 새가 날아들었단다.

밤새 머물다 떠난 자리엔

저린 기다림으로 꽃이 피어났고

그러면서 꽃나무의 허리는 휘어져,

어느날 서서히 쓰러져가며

제 가지에 치인 날개 소릴 들었어.

사랑이라는 이름의 꽃을 피워 놓고 간

아주 작은 파랑새였지.

새야.

때론 나도 꽃나무가 되어

널 기다리곤 한단다.

우울한 언덕에서 널 그릴 때마다

후두둑 듣는 핏방울은

차라리 거두고 싶은 내 아픈 목숨.

하나 꽃은 끝내 기다림으로만 피고

기다림을 두고 간 너 또한

죽음으로가 아니면 올 수 없기에,

오늘도 언덕엔 이렇게
바람이 불어야 하는 게 아니겠니.

꽃나무 이야기에 더해 내가 겪은 아픔들을 – 너무 힘들어서 손목을 그은 적이 있다거나, 남편을 잃고서 흰 머리가 되어 버렸다거나, 아들과 떨어져 지내며 외로움에 지지 않기 위해 안간힘을 쓴다거나, 명작을 내지는 못해도 끝까지 글을 쓸 것이라는 – 말하자, 어느 순간 박수가 나오더군요. 오히려 내 가슴이 벅차 눈물이 핑 돌 정도였지요.

돌아와서도 새벽이 올 무렵까지 잠들지 못하고 있다가 문득 생각했어요. 이야기 속의 나무가 피운 꽃들은 이렇게 내 안에서 그 값을 지닌 게 아닐까 하고요. 나의 글쓰기와 말하기의 바탕색이 되어 이리도 오래 자리하고 있으니, 그 꽃나무의 기다림은 내 목숨이 지는 날 끝을 맺게 되는 건 아닐까 하고요.

이 분홍 백합이 오늘 내게는 마음의 가교구나.

이 꽃이 이 자리에 피어 있는 이유,

그게 바로 가장 귀한 이 꽃의 값이구나.

분홍 백합 가교

그 숲의 물가 쉼터 근처에서 만난 분홍 백합은 그 사람과 내 마음을 이어준 그 날의 가교였을까요. 내가 그곳을 찾으리라는 걸 미리 알고 밤사이 활짝 피어 그 사람의 기억과 손잡게 한 임시 다리 같은 거 말이에요.

나 지금은 서울 시민이 아니지만, 서울 동북부 지역 시민들에게 도심 속 자연을 느낄 수 있게 하기 위해 조성된 서울숲에 드니 다시금 서울 시민이 되기라도 한 듯 기뻤지요. 서울 시민일 때는 그 이름만으로도 나의 숲처럼 여겨져 가슴 뿌듯했거든요.

입구에 있는 군마상은 임금의 사냥터였다가 상수원

수원지로, 다시 경마장으로 바뀌었다는 그곳의 전력을 전과 다름없이 짐작케 하더군요. 그 후 뚝섬 체육공원으로 이용되던 곳을 숲으로 조성하게 되었다던 그 사람의 목소리는 거기서부터 되살아났고요.

조경을 전공한 터라 공원에 함께 가면, 꽃을 보며 그저 예뻐라만 하는 내게 굳이 전문적인 지식을 일러주던 사람이었으니까요. 처음 만났을 때도 도시민에게 쉼터가 될 수 있는 공원의 요소가 무언지 생각해 본 적 있느냐고 물을 정도였지요. 그 사람과 이곳에 왔던 건 아들이 군대에 간 뒤, 허전함을 달래느라 여기 저기 다닐 무렵이었어요.

앞쪽 광장과 거울 연못, 습지 생태원과 자연 체험 학습원, 갤러리 정원과 야생초 화원, 생태숲과 한강 주변 공원 등 다섯 개의 테마로 이루어진 서울숲에서 그 사람이 가장 마음에 들어 한 건 뚝섬 부근의 숲을 그대로 살려 조성한 생태숲이었어요.

나무줄기를 타고 오르내리는 다람쥐와 무늬가 예쁜 꽃사슴에게 먹이를 주면서는, 이런 즐거움을 안겨 줄 수 있는 것이야말로 진정한 조경의 의미라고 얼마나 강조를 하든지요. 도심의 숲이 아닌 곳에서 동물을 만나 교감을 나누고 있는 듯한 느낌은 나도 같았어요.

물론 꽃이야기가 들어간 글을 쓰는 내게 더 와 닿은 건 갖가지 꽃들을 마음껏 만날 수 있는 갤러리 정원과 야생초 정원과 허브 정원이었지만요. 콘크리트 구조물 밑에서 피어난 꽃들 사이로 난 길을 따라 걷다 보니, 도심의 삭막함과 대비가 되는 노랑, 빨강, 보라 등의 색채와 코를 자극하는 향기를 이끌어내기 위해 애쓴 손길에 새삼 고마움이 느껴지더군요.

가장 높은 곳에 위치해 한강과 생태숲을 한 눈에 내려다 볼 수 있는 바람의 언덕. 그곳에서부터 서울숲의 공중을 가로지르며 한강 수변공원에까지 이어지는 다리, 그 긴 보행가교를 걷는 동안엔 바람이 어찌나 센지 모자가 날아갈 정도였지요.

앞서가며 사진을 찍어 주던 사람이, 그 후로 일 년을 조금 넘기고 별안간 삶을 마감함으로 하여 서울 시민의 자격을 잃게 될 줄 그때는 짐작이나 했을까요. 그가 하늘의 시민이 된 뒤 무엇에 쫓기기라도 하듯 서둘러 서울을 벗어난 곳으로 거처를 옮기면서, 그 사람과 살면서 가졌던 서울 시민의 자격을 내놓았지요.

그런 일이 있은 지도 벌써 오 년째. 이제는 그 사람과 동행했던 곳에 가도 마음이 그저 잔바람이나 이는 풀밭일 거라 자신했는데, 아직은 아니었나 봐요. 문인 모임이 있어 그 숲에 들기 전부터 가슴이 저려오기 시작했으니까요. 아니, 그곳이 행선지로 정해졌다는 걸 알고 난 직후부터 그랬다는 표현이 오히려 맞겠네요.

마음이 그러니 숲해설가를 따라 걸으며 서울숲에서 자라는 나무에 대해 설명을 듣는 시간에도 아무렇지 않은 얼굴로 서 있기가 힘들더군요. 일행을 벗어나 숲 속 놀이터가 있는 길로 들어선 건 그래서였는데, 조금 가니 물가의 쉼터가 나오고 그 옆에 꾸며진 화단에서 한껏 피어난 분홍빛 백합 한 무리를 만나게 될 줄은요.

탐스러운 꽃송이들을 보는 순간 눈물이 핑 돌았지요. 그건 그 사람이 우리가 함께 머물렀던 집 화단에 심어 가꾸던 화초였으니까요. 여름이 시작되는 이맘때면 굵고 곧게 올라온 줄기에서 얼마나 화사한 나팔 모양의 꽃을 여러 송이 피우곤 하는지, 꽃이 피어 있는 내내 현관문 앞은 꽃등이 켜진 것 같았어요.

한참을 기억 속에 빠져 있다 어느새 내리기 시작한 가랑비에 눈을 드니, 머리 위를 지나고 있는 그 바람 심하던 보행가교가 보이더군요. 그 순간 스치는 생각이 뭐였는지 짐작하시겠어요.

'이 분홍 백합이 오늘 내게는 마음의 가교구나. 이 꽃이 이 자리에 피어 있는 이유, 그게 바로 가장 귀한 이 꽃의 값이구나.'

마음은 어쩔 수 없이 서글픈 빛이었지만, 그래도 서울숲이 이렇게 건재해 그 숲의 나무와 꽃을 통해 목소리와 얼굴로는 만날 수 없는 사람을 만날 수 있었으니 오늘은 좋은 날이라고 해야겠네요. 사람은 떠났어도 함께 거닐었던 숲이 남아 있는 한 기억은 지워지지 않고 그대로 살아 있을 테니, 그것도 이 세상에서 찾을 수 있는 좋은 일이 아닐는지요.

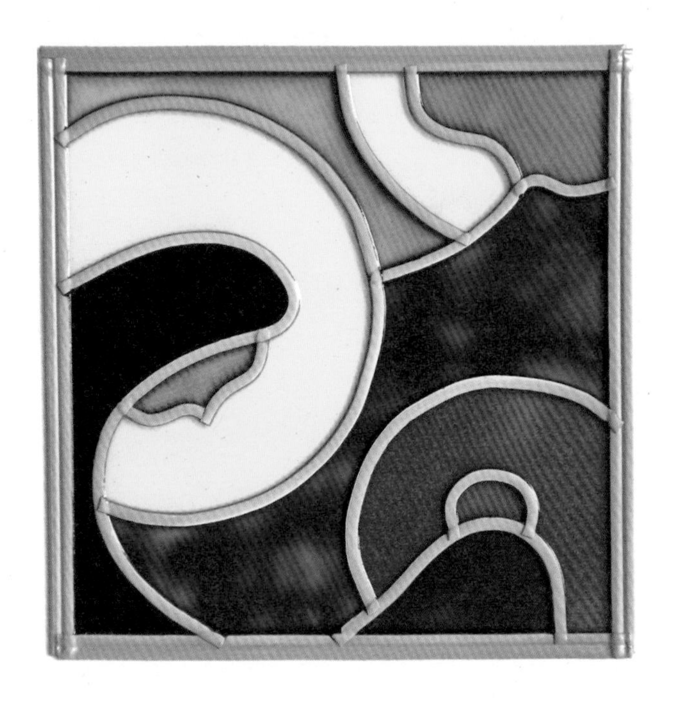

This pink lily was a bridge of memory for me today.

The blooming flower holds the most precious value.

Pink Lily Bridge

Translator. ***Lee Heewon***

The pink lily that I met near the waterside rest area of the forest was the bridge that connected my mind to him. It seems it was a temporary bridge that burst in full bloom the night before. The lily knew I would be there, and that I would be looking for him; so I could hold hands with his memory.

Although I am not a Seoul citizen anymore, I was glad that I felt like becoming a Seoul citizen once again when I walked in the Seoul

Forest Park. That forest was established for northeastern Seoul citizens in order to feel the breath of nature in the city. My heart was filled with pride by the name alone.

There is a horse statue at the entrance to the park that portrays a horse race. I could guess that the forest had been a royal hunting ground for kings in the past. It then served as a water-treatment facility and later was changed to a horse racing track, eventually becoming Ttukseom Sports Park. I heard his voice from that place.

He was the only person who taught me useful knowledge because his major was landscape. Before that time I was simply looking at beautiful flowers without understanding their meaning. When I first met him, he asked me if I had ever thought about the elements of a park that could be a rest place for urban people. We came here after our son had gone to military. In those days, we went around and around to soothe our loneliness.

The Seoul Forest Park is composed of five themes which are: a front plaza and a mirror lake, Eco Forest and an experience eco learning center, a gallery garden and a wildflower garden, a marsh plants garden and Hangang Riverside Park. He liked the Eco Forest most, which infiltrated the near forest of Ttukseom.

He emphasized the true meaning of landscape that gives us this kind of enjoyment just by feeding the squirrel that comes up and down the tree and watching the beautiful spotted deer. I had the same feeling when communicating with animals.

But I was more interested in the gallery garden, the wildflower garden and the herb garden where I could meet so many various flowers. My interest stemming from the essays I had previously written on the stories of flowers. When we walked along trails where flowers blossomed under concrete structures, I felt grateful because of the efforts to elicit aroma and colors of yellow, red, violet, etc.

The Hill of Wind is a place where one can see the Eco Forest and the Han River from the highest place. The bridge crosses Hill of Wind to Hangang Riverside Park. On the bridge, one can observe the Eco Forest. While I was walking along the footbridge, it was too windy and it blew up my hat.

I could never guess that a snapshot only one year later would reveal me losing him. This resulting in me then hurriedly moving to another place after he became a citizen of heaven. Without him I was disqualified of Seoul citizenship.

Five years have passed since then. If I went to the places I had once visited with him together, I had convinced myself I could keep calm. But my efforts failed. Once, while visiting the forest for a literary meeting, my heart began to ache. Yes, that's right.

It was hard for me to stand still in the woods as I listened to the forest instructor explain how the trees grew up in the forest. So I broke away from our party, and I walked into the Children's Woodland Playground. After a little while of walking, I found the Water Playground. I didn't expect there to be a pile of fully bloomed pink lilies in the flower bed.

When I saw that lily, I was completely moved to tears. That was the same flower we had grown in our flower bed when we stayed together. Toward the beginning of summer, there were so many bunches of flowers like trumpets on a stalk. They seemed like bright lamps of flowers.

I was immersed in my memory for a long time. I raised my head because of a fine rain. There was the footbridge which was so windy. Can you guess my thoughts at that time? 'This pink lily was a bridge of memory for me today. The blooming flower holds the most precious value.'

My face depicted a mask of sadness, but I could say today was a good day. Because I met him who cannot meet by face and voice through the trees and flowers. Even though he was gone, the memories will continue as long as the forest that we walked together remains here. I think it is one of the most valuable things that I can find in the world.

꽃값

2017년 10월 10일 초판 1쇄 인쇄
2017년 10월 17일 초판 1쇄 펴냄

지은이 | 이정원
펴낸이 | 이철순
디자인 | 이성빈

펴낸곳 | 해조음
등　록 | 2003년 5월 20일 제 4-155호
주　소 | 대구광역시 중구 남산로13길 17 보성황실타운 109동 101호
전　화 | 053-624-5586
팩　스 | 053-624-5587
e-mail | bubryun@hanmail.net

ISBN 978-89-92745-63-5 03810
• 잘못된 책은 바꾸어 드립니다.　• 책값은 뒷표지에 있습니다.